青音———著

# 愿有勇气
# 去
# 热爱

*I Wish You Had the Courage to Love*

湖南文艺出版社
HUNAN LITERATURE AND ART PUBLISHING HOUSE

博集天卷
CS-BOOKY

# 写给小王子的一封私密邮件

嗨，你好小王子：

  我是青音，我是一家创业公司的女 CEO。没错，就是那种每晚失眠时恨不得把全世界撕碎，第二天醒来看到太阳时又豪情万丈的不会被轻易打垮的憨人！

  多年前，我还在中央人民广播电台做着夜间电台的主持人，记得我第一次读完你的故事，我眼睛红红地呆坐了一个下午，一直陷在哀而不伤的情绪里出不来。小王子，脆弱如你，又强大如你，原来你小小的生命里有着这么多无奈与辛酸，但每一次的真心付出又是这么值得！

  其实，谁不是呢？

  就在给你写下这封邮件的前一天，我刚刚爬了野长城，由于没做好准备，鞋子不合脚，我跌下了台阶、崴了脚、脚趾磨了血泡，一瘸一拐地用树枝做杖，爬下了二十多级的烽火台……路看不到尽头的时候，我有点后悔开始，可是已进退维谷；攀过了一座烽火台累得半死，却还会鼓励自己再挑战下一座；在直上直下的台阶和乱石堆里穿行，再恐惧地在心里哭爹喊娘也只能依靠自己，以及……忍着疼忍着血泡闭嘴前行时，我都越来越觉得它很像是我正在经历的创业，更像是我们的人生。

所以小王子，今天，我想跟你聊聊你长大后的样子。


关于选择——

小王子，你曾说："每个人的心里都住着一个'小王子'。"其实并不是！就如同你身边也有的那些贪财的人、贪慕虚荣的人、强取豪夺的人、谎话连篇的人和愚蠢的国王，他们的心里可是没有小王子的。这是他们主动选择的命运，或者是被命运选择的结果，当他们没能按照自己想的去生活，他们也就只好按照自己生活的去想了。

但你知道吗小王子？人和人的差别，其实比人和动物的差别还要大得多！成年人是不可以用自己的选择去要求别人的，更不能因为他人跟我们选择了不同的价值观而生气。每个人的选择都会付出代价，选择成为小王子，代价是会被误解、被欺骗、被伤害，而身边有些人选择了虚荣算计，有些人选择了贪婪自私，他们也一样会承受自己的代价，我们只是看不到而已！长大后的小王子们要学会的，是如何跟他们彼此尊重和友善地相处，甚至合作共赢，要学会如何建立边界，更要学会如何保护自己。

抱持着"人人心里都住着小王子"的想法，其实是对这世界生出的凭空的旖旎幻想和对这世界残酷一面的无知无觉、毫无防备，其实是还没长大！

是的，小王子，你其实是这世上某一类人的一个选择。他们相信美好、坚守纯真，他们并不是看不懂这世上的黑脏丑，他们只是更愿意坚守，他们在看遍了黑脏丑之后，依然敢说出"我有勇气去热爱"这样的话，他们是真正特立独行的成熟的人！


## 关于爱情——

恭喜你小王子，你最后还是回到了能带给你激情的玫瑰的身边，这是爱情里非常重要的基础，尤其是男人对女人。你的玫瑰的骄傲和不安，她的任性和"作"，其实都是因为她特别在意你时的荒腔走板，你会在对她的包容中学会如何去爱一个女人。

但你们这是不是真爱呢？可别太早下结论！

在那些不幸的婚姻里，缺少的都不是爱情，而是友情。我不喜欢张爱玲，请你，别轻易对爱情失望，只有那些没能生长出友情来的激情，到最后才会变成"蚊帐上的一摊蚊子血和衣服上的一粒黏米饭"！

"激情爱"+"友情爱"，就能让"爱"长出来，你和你心爱的玫瑰要加油！

不过，你应当永远感恩你的生命里狐狸曾经来过，永远记得她曾说过的："即便我没能和你在一起，但是你曾经驯养过我，我的生命已经染上了麦穗的金黄！"在爱的功课里，狐狸才是你的老师！当一个人能够用这样的心态对待生命里的任何得失，Ta便再也无须面对输赢。懂得感恩，使人高贵，生命里的种种际遇，不是得到了，便是学到了，能拥有这样大智慧的人，将永远是人生的大赢家，才能有底气说出"愿有勇气去热爱"这样的话！

　　小王子，我知道你是一个在全世界除了《圣经》之外被人们称颂和记住最多的人，我只是全世界喜爱着你的人们之中的亿万分之一，但我依然深深感激着你，你在很多的时候，都帮助了我。

　　就在上个月，公司遇到了极大的难关，那天我正在杭州出差，在夜风习习的西湖苏堤上的一棵柳树下，我看着手机里团队的合影哇哇大哭，哭成了一个泪人。那一刻，是你的那句"这世上最值得尊敬的人，是不仅仅为了自己忙碌的人"鼓励了我，我决定继续用我的事业带领团队一起成为这样的人！

　　小王子，你会长大，而我会老，愿有勇气去热爱，我们一起加油！

青音

2017 年初夏

扫码，听听青音姐的声音。

4

唯愿这些时光，你是跟所爱在一起。

愿 有 勇 气 去 热 爱

# Chapter 1

## 如何让时间把你变成你喜欢的样子？

拿起笔写下你今年想实现的小事。
大到打算带爸妈出去旅行，或者自己要学习一些什么
让自己活得更有意思的技能，
小到想吃一次香草冰激凌、想跟爱的人去一次游乐场、想游一次夜泳⋯⋯
去列一个你的心愿单吧！
心愿单不是计划书，那是一份你将成为更好自己的邀请函！

# Chapter 2

## 不会拒绝别人，你让别人怎么喜欢你？

太爱面子的人，都是由于不够爱里子，
这个里子，就是自己的感受，
也就是不懂得尊重自己的感受，不知道爱自己！

# Chapter 3

## 在爱情面前认怂，却是你最动人的姿态

你只需要对自己保持诚实，也在爱情面前保持诚实。
我相信在爱情中，这才是真正的勇敢，
也是一个人陷入爱情之后最动人的样子——
我爱你，我只想让你知道我爱你，没有目的，跟结果无关！

# Chapter 4

## 你要敢于付出爱并接受爱

只有心灵长期被束缚被压制，感觉到很不自由，
人们才会渴望随心所欲，因此真正的自由其实是没有恐惧和担忧，
因为不怕失去，所以敢于承诺也敢于承担，
也敢于被规则限制，这才是真自由！

# Chapter 5

## 最好的爱情，并不是从"爱情"开始的

最好的爱情不是从荷尔蒙开始，
而是从高质量的友情开始的。

# Chapter **6**

## 说给人际关系"幼稚病"患者

亲爱的，外面没有别人，只有你自己。
你和别人的人际关系，其实就是你跟你自己的关系。

# Chapter 7

## 女人，请活出你的攻击性！

攻击性其实也是魅力的一部分呢，那些个"气场"
"女王范儿""野心""性感"其实都是和攻击性有关！
所以，好姑娘就是——
有边界，活自己，我支持你！

# Chapter 8

## 说给"忘了怎么生气"的你……

静,是最大的养生!
而一切美好的有力量的事情,也都是从"静"中来,
静能生美,静能生慧。

愿 有 勇 气 去 热 爱

拿起笔写下你今年想实现的小事。
大到打算带爸妈出去旅行，
或者自己要学习一些什么让自己活得更有意思的技能，
小到想吃一次香草冰激凌、想跟爱的人去一次游乐场、想游一次夜泳……
去列一个你的心愿单吧！
心愿单不是计划书，那是一份你将成为更好自己的邀请函！

如何让时间把你

变成你喜欢的样子？

# 为什么你花了钱还不快乐？

微信小伙伴"滴答的钟钟"问我："青音姐，人们总说女人是天生的购物狂，我也是。一不高兴就爱出去逛街、乱买。可跟别人不一样的是，疯狂购物并不能让我感到快乐。有时候我买了一堆东西回到家，除了累到腰酸背痛，还会特别自责，第二天再看看买回来的这堆东西，还会继续跟自己怄气。钱也花了，还总是非常不开心，甚至比之前的不开心更加不开心，这是图啥呢？"

嗯，谢谢你滴答，你的问题也让我开始反思自己和周围的人。我呢，也是一个挺爱购物的人，以前是爱逛商场，现在是爱网购。宅在家里不出门的时候，唯一的社会交际就是收快递。

不过我可能会对花钱买了错东西感到一时的不快，但是我不会对花钱这件事感到不快乐。所以我在想，这两者的区别或许不在"花钱"这个行为本身，而是你对"宠爱自己"有着强烈的罪恶感。

也就是说，你一对自己好，就总觉得跟对不起谁似的，你只有拼命对别人付出、为别人好，心里才是踏实的。我想这跟你打小从父母那里接受的"有条件的爱"有关。

所谓"有条件的爱"指的是，父母的行为向我们传达这样的信号——"你只有听话，我们才爱你；你只有学习成绩好，我们才爱你；你只有懂事、好管理、不出格，让爸妈有面子，我们才爱你！"

于是，你就在多年的"有条件的爱"的压抑之下，变成了一个拼命用"付出"和"努力"来建立关系的人。在你的潜意识里，你只有做得足够好，才值得人家对你好；你只有做到令所有人都感到满意，你才不会被别人抛弃。

于是，当你做了一些小小任性的、很自我的、只照顾了自己感受而忘记了其他人的行为时，你往往快活不了多久，你的那种巨大的内疚感和"很不应该"的罪恶感就像潮水一般袭来了。它强大到完全盖过了刚才你像个小孩子一样任性地找快乐时的那片刻的自在，你觉得自己简直就是——罪！大！恶！极！

好吧，其实你只不过是花了你自己挣的钱给自己买了一件心爱的小东西。当然，大东西就会更不得了了，你会饿自己三天三夜不吃饭吧？

你忘记了：钱是花了，但你还有能力把它再挣回来呢！

今晚这番话，也是提醒所有正在为人父母的朋友——真正的爱，应该是无条件地接纳。

# 如何让时间
# 把你变成你喜欢的样子？

前天在一家咖啡馆谈事，店家在反反复复播放一首歌《往日时光》。歌词中有这么几句："人生中最美的珍藏，还是那些往日时光……假如能够回到往日时光，哪怕只有一个晚上。"

一起来的朋友突然问我："你希望回到往日时光吗？"我毫不犹豫地回答说："不希望！"朋友说："那说明，第一，岁月把你变成了你喜欢的样子；第二，你的心没有衰老，依然年轻！"

我很开心被这样评价。是的，即便有时光穿梭机，我想我也不希望再回到过去。过去的自己曾经混沌、曾经青涩、曾经做傻事、曾经那么不开朗钻牛角尖、曾经那么无力应对生活的千回百转、曾经那么自以为是……

最重要的是，被朋友这么一问，我发觉，这么多年其实被我自己珍惜的"好"的部分不仅还在，而且还在变得更好——所以我为什么会想要回到过去呢？当然不！虽然我在变老。

那么你想过吗？什么样的人会怀念过去呢？心理学告诉我们，那些心灵的缺口、那些未能被满足的部分，其实在心理上才是最让人念念不忘的。因为不圆满，所以才会用心心念念、用不停地幻想来填满。

比如：未能实现的梦想，因为不曾实现过，于是时间越久远就越显得格外重要，甚至希望别人来替自己实现。想想那些让孩子替自己成功、让孩子替自己婚姻幸福的父母……

未能走到底的爱情。比如有些人永远觉得初恋最美好，难以忘怀的其实并不是对方，而是对那个莫名其妙被出局的自己顾影自怜。

还有那些没能说再见就结束的关系，那些没打招呼就消失在了你生命里的人……这些都能让人忍不住想要回到过去。

不告而别最慑人心魄，想回到过去其实不过是想回去给自己一个交代罢了，想做一个心理上的"完型"才是人们缅怀过去的真正原因。

因此，你知道如何让时间把你变成你自己喜欢的样子吗？如何才能放下对往日时光的念念不忘呢？其实特别简单，就是——竭尽全力活你的现在！

有梦想，尽一切努力去为它做点什么。别一而再再而三地观望徘徊，或者不停问别人："我可以这样做吗？我应该要这么做吗？如果这么做会有什么结果呢？"别总是站在起跑线上伸伸腿退回来，再伸伸腿再退回来，久而久之，你不仅勇气散尽，还会累积一肚子对自己的失望！

遇到自己喜欢的人，去告诉 Ta！"不带占有、给人以自由"的表白是人世间非常美好动人的时刻，告诉他你喜欢他，但不需要对方给你反馈。你喜欢上了，你的每一天因为心里有了喜欢的人而美好了起来，这也就足够了！该表白时须表白，让对方受到鼓励和赞美吧！因为，我们确实不知道厄运和明天哪一个先来。

有爱情有婚姻，去好好地经营它。不要总是想着自己人可以被亏欠，总认为反正来日方长，于是用你的工作、你的哥们儿、你的亲戚，甚至你的孩子来将原本应该两个人享受的美好时光冲淡。不知道珍惜的人一定会被生活教训，有很多的来不及其实都是不肯用心的借口，但是人最最难以承受的，就是悔不当初！

那今天起，拿起笔写下你今年想实现的小事。大到打算带爸妈出去旅行，或者自己要学习一些什么让自己活得更有意思的技能，小到想吃一次香草冰激凌、想跟爱的人去一次游乐场、想游一次夜泳……去列一个你的心愿单吧！心愿单不是计划书，那是一份你将成为更好自己的邀请函！

# 女人，
## 你热爱事业你就活该……

　　20日下午，我跟随李开复老师的"创新工场"兄弟会一行三十多人从北京出发，前往美国硅谷学习考察。飞机飞过换日线，想到我们抵达美国的时候还是20日，就觉得世界好奇妙！

　　这是我第三次来美国，但只要带着好奇和学习的心，每一次出发就都是全新的。已经适应了长途飞行的我早已学会了如何安排好飞机上十几个小时的时间，其中，看一部心仪的电影是必不可少的。不过没想到的是，刚刚创业的我看到的这部片子竟然和创业有关，而且说的还是女性创业。

　　我非常喜欢的女演员安妮·海瑟薇担任女主角，当年她主演的《悲惨世界》我跑到影院看了四遍。这部电影叫《实习生》，剧中主人公是一位创业刚刚起步的女CEO，公司加速奔跑，自己盯紧每一个细节不敢松懈、压力重重，总是想努力做好家庭和事业的平衡。她的那种对自己创业项目无限憧憬热爱、对员工充满感情，既意识到时代不同了，女性不应该做生活里只有孩子、烤蛋糕和家长里短的人，但同时心里又有那么点对自己身为女老板角色的不自信，更担心自己因为创业失去女性该有的对幸福的掌控能力等矛盾的纠结心态，丝丝入扣。

不过即便她是如此努力地生活，丈夫还是有了外遇，外遇的对象是女儿幼儿园里小伙伴的妈妈，一位平庸的、顾家的女人。人家可不像她，为了事业，把家务都丢给了丈夫……于是她沮丧极了，决定为公司寻找一位新的 CEO 来代替自己，自己还是要回归家庭。

如果你以为这就是故事的结局那可就错了，在剧中，那位当她实习生的老者对她说的一句话，成为全剧里点睛的一笔："丈夫发生外遇并不是你如此努力的报应，别这么想，那是他的错误，但只是个错误！别因此就对自己感到泄气，没有人比你更热爱、更加适合你的公司，你要坚持下去，做你自己！"

女人，你要坚持做你自己！

这是全片的价值观，当然最终生活也因为她更加坚持地成为她自己而逐渐山明水秀起来，她和丈夫重新回到了正轨。

"女强人等于家庭不幸的女人""女人热爱事业就活该不被男人喜欢" 这样的观点由来已久，而且充斥我们周围。你看，市面上有的是教女人如何套牢男人的书，但从来没有一本书敢教女性如何成为一个事业上出类拔萃的女人！

因为人们认为在一个以男权文化为主导的世界里，假如倡导女人珍爱事业如同珍惜自己的爱情，这是会令社会大乱、会让男人感到恐慌的！

所以，整个社会环境都在矮化有事业心的女性，包括女性自己也在推波助澜。那些在事业上又懒惰又不上进但是稳稳当当进入婚姻的女性，会把结婚生子这个选择当作一项好了不得的人生成就一样到处去晒，甚至真的认为自己有老公、有孩子就等于拥有了嘲笑那些努力经营事业的女人的资本！

女人为难女人，我们女人对那些努力工作尚未成家的女同胞，常常报之以怜悯和同情，甚至是背地里看不起——其实这是对女性的歧视，这是多么愚昧而不自知！

所以，感谢这部非常有现实意义的电影，它提醒我们——时代变了！男人们不再要求女人只会做他生活里的助手和陪衬。如果在一段关系里，女人在事业上更出色，而男人很乐意做自己伴侣的助手，去帮衬自己的女人成就她的事业，谁说不可以呢？

在这样一个互联网已经将人们的关系彻底改变的新时代里，男人和女人的观念都需要更新迭代了，而一个敢于做自己的女人，对男人才更有吸引力！

那天在飞机上看完电影，我闭上眼睛，调低了座椅，靠在上面深深吸了一口气，觉得心里清朗而平静。作为女性创业者，同样也是一位多年来在学习做自己的女人，我感谢这样一部电影！

## 你不必因为自己的不完美
## 向任何人道歉

今天，我看到朋友圈里有个朋友发了这么一句话——"我是个满身缺点的人，对不起，我让大家失望了！"

我跟他并不熟，但是看到这样一句感慨啊，凭着心理咨询师职业的敏感，觉得，应该是哪儿不对劲。于是给他留言说："你不必因为自己的不完美对任何人感到抱歉，加油！"

之后他马上回复了我："你的这句话让我一下子很轻松，不过，这种觉得自己毫无价值、觉得对不起全世界的感觉已经折磨我挺长时间了，而且睡眠也出了问题，我想我可能是抑郁了吧。"

在提醒他要迅速去找精神科医生诊断，并且要去找心理咨询师之后，我想到了昨天晚上，我在央视的《夜线》节目里解读的那个案例。

主人公赵某是一位在朋友眼里非常仗义的"好人"，却因为要对得起朋友而丧心病狂地干起了制造毒品的勾当。在昨天晚上记者对他的采访中啊，他从小父母吵架、毫无价值感、低自尊、曾经被最好的朋友坑骗却敢怒不敢言的心理发展脉络渐渐清晰。

不过很值得思考的是，他没有将这些愤怒发泄出来，而是选择了帮着别人欺负自己。

比如，明明很穷，可是跟朋友吃饭从来不让人家买单；自己开个手机店，朋友过来拿走两三个手机从来不给钱，他也不敢说什么……

于是渐渐地，所有围在他身边的人都成了占他便宜的人。他好像在用他的"老实、好欺负"验证一件事：你看，这世上根本就没好人，人不可相信！

所以呢，看上去他对朋友很"好"，但其实心里充满了恨！当然，他最恨的还是他自己！他的自我憎恶、自我嫌弃而又从来不敢发泄，导致到了最后啊，扭曲到去制造毒品害更多的人！

你有过不喜欢甚至厌恶自己的时候吗？你对你自己的缺点，特别不能接受吗？

那么，其实这将会导致三种结局。

第一，你变得对他人非常地苛刻和挑剔，人际关系并不好。

第二，或者完全相反，你用委屈自己来讨好别人，然后累积越来越多的愤怒，就像节目里这位赵某一样。

第三，你会得抑郁症。

昨天啊我说到了心灵的"坑洞"，这些坑洞其实就是爱的缺口。

缺口不是问题，问题是，你是不是首先接纳了它们的存在。爱的缺口只能用爱来填满它，你的心理才会更加地健康起来。

那怎么去填满呢？

其实特别简单，就是要接受自己所有的糟糕和不够好，拥抱最真实的自己！

作为成年人，你当然应该为自己没做好的事承担责任。但是，你不必因为自己某些方面的不够好、不符合别人的期待而对任何人感到抱歉！

"对事不对人"的态度也应该用在你自己身上，祝你接受真实的自己！

# 你不必因"欲望"而内疚

微信小伙伴"马文小马"给我留言说:"青音姐,其实我也不知道我是不是喜欢自己,但是我经常会为自己的一些想法而内疚。比如说,当我没管住自己的食欲,贪吃了好多好吃的,我就会在心里鄙视自己;当我没忍住买了一件超出我预算的,但是我确实心里长草的东西,我就会觉得很对不起爸妈和家人,他们还等着我每个月寄钱回去呢……这样时间长了,整个人就很难快乐!"

小马你好,你的话,我想能够引起很多小伙伴的共鸣。

你知道吗?你的这个心理特点,在心理学上叫作"享受能力低下"。

再进一步深入分析的话呀,你是对你的"需要"有羞耻感,你觉得自己有需要是不对的,好像对不起谁。

其实呀,你的需要跟别人一点关系都没有,就比如你说到的,你贪吃了，这事跟别人有关系吗？你花钱超支了，你真的觉得你的父母家人知道这件事会很生你的气吗？

所以这一切的"愧疚感"啊，是你对你自己的不信任和不接纳。

你不接纳自己的欲望，可是越压抑，欲望就越会让你一再地失控，于是你就陷入到了"失控、失望、再失控、再失望"的恶性循环里，那你的心情怎么会好起来呢？

那，如果我告诉你，你这样下去会得抑郁症，你会不会对你这种"对欲望的过度压抑"引起足够的重视呢？

那么接下来，你可以做两件事。

第一，调整你的欲望阀值。

以前啊，你如果把吃到一个好吃的的高兴劲定义为十，现在就可以降低一点，然后再用另一个能让你高兴的其他事来代替它。比如说，吃到好吃的很开心，可是吃完了散散步、听会儿音乐、泡个热水澡也一样很开心。高兴起来的事越来越多，那，"吃"对你的诱惑力就没有那么地巨大了。

第二，就是接受让自己脸红的欲望。

比如说，你过马路时突然想闯一下红灯，但是你行为上并没有这么做，你只是心里突然有了想小小恶作剧的感觉。那，你不必有任何的愧疚，想一下，不是错。当然还包括正常的性欲望，这些都不是罪过。

当你能够更深入地了解人性都有 AB 两面，你也一样的时候，你就会轻松多了。学会跟你的欲望和解，你只要没有妨碍到任何人，那些欲望，你就值得拥有！

# 有没有人告诉过你，
# 人生是可以随便过完的？

昨天，我在我的微博上看到这么一个留言："青音姐，当听你说'你的人生是可以随便过完的'这句话时，我突然觉得好减压，谢谢！"

这句话是我在重庆邮电大学进行公益演讲的时候说的一句话。但是，我最早看到它是在一部美国公路电影的介绍里。电影叫什么我都不记得了，只记得电影的主人公原本是一个别人眼里努力、上进、争强好胜的职业白领，天天生活在焦虑紧张当中，很不快乐。直到有一天，他突然想换个活法，于是辞掉了工作，背起行囊，开始徒步在城市和乡村的高速公路之间行走。

走遍了美国又开始走墨西哥。在行走当中他明白了一个道理："你的人生是你自己的，而你的人生也是可以随便过完的。"

当然，最后故事的结局是男主人公最终死在了路上。这是一部有着很深的生命隐喻的电影——你的生命是来实现什么的？假如什么都实现不了又什么都抓不住，你觉得人生还值得过吗？

这让我想起我在美国独自旅行的时候，见到的那些在纽约和芝加哥的地铁里唱歌、拉大提琴、拍打着油漆桶跳舞的人；那些整天在旧金山开铛铛车的司机；那些在迪士尼里为大家表演童话剧每天演十几遍，一演就演了好几十年的人；那些在中央公园和布鲁克林大桥上看着来往的行人每天都在画画的人。

他们有一个共同特点，就是都非常地享受自己手上正在做的事。他们不是为了生计，就是为了快活。其实，他们就是爱干这个！

那么，你爱干什么呢？如果你读着让人羡慕的学校，但是你不喜欢也不快乐；你做着听上去很不错的工作，但是你不喜欢也不快乐；你有着别人看上去正常的婚姻，但是你的家庭里没有爱也没有快乐……那么我个人认为，这样的人生还真挺失败的，你还不如依照你自己的心意随随便便过完，只要你快乐！

我们这个社会无时无刻不在鼓励人们要更快、更高、要得更多，幸福和成功被定义得越来越窄。好像只有争当大人物、大明星，只有做人上人，这路子才是对的。

其实亲爱的，真的不一定。你做大人物也好，是小人物也罢，都没有对错，只要你还是你自己，而且，你在自己的人生过程当中始终是快乐的！你的人生也是可以快快乐乐随便过完的。

# 笨人才耍心眼，
# 聪明人只需厚道

　　前两天，我在朋友圈里看到有一位朋友写了这么一段话："我年纪越大，就越觉得那些心理阴暗、一肚子心计、满脑子阴谋论的人，是因为智力不够。这和我小时候的认识是大致相反的。尽管存在个体差异，但是整体上，足够聪明的、进化得更好的人群，通常会倾向于选择公平、正义，更容易具有坦诚、善良的品质。"

　　这段话我非常赞同，赶紧点赞。我记得我第一次听到有人说"厚道才是真聪明"是在我二十一岁的时候。那时候，我刚刚参加工作，面对着各种办公室政治和同事之间的磕磕绊绊，完全不知道该如何应付，整天觉得社会阴暗、人心不古。

　　直到有一天，当我又被一个耍小聪明的同事气得够呛的时候，一位年长我很多的前辈跟我说了这句话："别去在意他们，你跟他们是不同的，厚道才是真聪明！"

当时，我除了感激，还有一种仿佛被高人点化了一般的茅塞顿开的感觉。

后来，经过这么多年的职场历练，我越来越对这句话深深认同。或许你曾经也有这样的困扰吧，我这么厚道，别人当我好欺负当我傻怎么办？！

首先，你要明白，如果你好欺负，那不是厚道出了问题，而是你软弱的、怕事的个性出了问题，你欺负自己不敢表达愤怒，那别人当然认为你好欺负。而如果说你因为考虑不周全，做人做事还是没有太到位，比如说，太鲁莽、太直接、没有顾及他人感受、太冲动，那也不是厚道的问题，你就是犯了一回傻嘛，怪不得别人！

耍心眼，其实内耗特别大。首先，他得花心思算计；然后还得编造谎言；然后还得装模作样；然后如果被看出来背后的心计，他还得想着怎么善后、怎么抹平。人的精力都是有限的，全用到心眼上了，没有用到强大自己的能力把事情做成功上，那不是傻又是什么呢？

厚道、踏实、认真、努力、知道为别人着想，但是又懂得保护自己，知道维护自己的权益，有边界、有原则，这样的人谁会不愿意合作呢？那么成功的机会当然更多啦，你说呢？

## 你总是被人忽略，
## 其实是由于你不爱任何人

前一阵子碰见一个很久没见的哥们儿，聊天的时候说自己又跟女朋友分手了，我说："为啥呢？这个女朋友不是美丽可爱又大方百依百顺吗？"他说："问题就出在百依百顺上，时间长了，你都感觉不到她的存在。"

我知道他是被前女友分了手的，因为是异地恋没坚持下去，当年那个姑娘长相身材都一般，脾气还不小，这个条件又好又百依百顺，还不知足，我只好笑骂他："你是不是太贱了？！"他没生气，开始正儿八经地跟我讨论这个问题。

他说："你知道吗？我前女友脾气不好是真，但是我能明显感觉到她爱我也是真，爱我才会有各种情绪嘛。而且，直肠子，喜欢什么不喜欢什么简单明了，我就很好应对，不累。这个倒好，什么都是'随便，都行'，没有要求也没有情绪变化，渐渐地，我会常常忽略她，等自己发现自己有点自私的时候又很自责，可是我不知道她要什么呀，时间长了，不仅是心累，而且说实话，我也感觉不到她在意我们的这段感情，她无非就是想找个人嫁了吧，可我要的是个有脾气有情绪的爱人，我这样解释，你能明白吗？"

我不仅明白了，而且我也明白了为什么有些人总是被人忽略，根源其实就在——她谁也不爱。她首先是不爱自己，自己真实的感受、真实的意愿从不重视，好像自己总是那么地不重要，我经常说："你知道为什么别人占你便宜吗？那是因为你把自己看得太便宜。"是的，别人是照着我们对待自己的方式对待我们的。

其次，她也并不爱任何人，她的内心并不是对对方开放的，而是封闭在自己的小世界里，看似一直在迎合别人，其实她只是防备着他人入侵自己的世界，跟他人没有互动，比起在意对方的感受，她更在意这段关系能不能留住。所以，虽然没有冲突没有矛盾什么都是好呀可以呀，但是对方只能感受到配合，是完全感受不到爱的，这样的感情真的很难走深，也不大可能走远。

爱情之所以会发生，是因为两个有缺口的人就像两个残缺的圆一样彼此融入，而不是两条毫无交集的平行线。所以，想要让别人不再忽略你，先从卸掉面具和防御开始吧。

# 所谓文艺，只是借口

朋友有一次跟我聊起他的前女友，很美很好很文艺，可是就是不上班不工作，每天品茶、看书、听音乐、画画、看展览、写写字，因为男朋友收入很不错、感情也很稳定，所以这姑娘得以一直把自己包裹在云淡风轻里。

可是，相处了八年，再文艺得拧出汁来的情怀也终究难以抵挡现实生活里的琐碎和庸常。两个人渐渐发现，女人的温柔乡里再多的浪漫也不足以承载男人昂扬的事业心，男人如同沙砾般粗糙的一面也让这个习惯了诗来诗去的文艺女生觉得实在难以消化，双方都希望对方能为自己做改变，最终，只能分道扬镳了。

这是一段挺让人遗憾的爱情，其实他们到现在还彼此爱着，但是他们实在是找不到继续相处下去的方式。准确地说，是这个文艺的小女子实在是不知道该如何跟很多时候不美、大部分时候不好的抹布与鸡毛齐飞的现实生活相融合，因为她的理想国可不是这样的。

在我身边这样的文艺女生也不少，她们长得人畜无害、她们的思想可以和男人比肩，她们优雅、得体、品位不俗，她们能把一个人的日子经营得羡煞旁人，可是唯独，她们无法和关系亲密的另一半相融合。

在我看来，首先，太过"文艺"的女孩子其实是没有安全感，躲在鸟语花香的理想国里，她们可以今天想着村上，明天凝望小田切让，不让人太靠近，就不会受伤，也不会失望，她们冰雪聪明，很善于发现一点点的小快乐，并且管它们叫"小确幸"。

其次，太过"文艺"的女孩子坦白说其实有那么点自私，她们不大愿意为任何人做出让步，"妥协"更是个听到就想撕碎的名词，她们可以躲在自己的世界里安静又美好，可是一旦有人犯了自己的"忌讳"，比如一个人自大、自恋或者是俗，那这枚安静美好的文艺女会瞬间切换到"不近人情"频道，有时甚至让人觉得她好苛刻。

除此之外，文艺女生通常也是比较自恋也很敏感的，她无法忍受有人指出她的漏洞和不足，她会为此非常愤怒，所以，有时候文艺女很难相处。

每个人都有缺口，而文艺女生是那种不大接受自己有缺口，也自我催眠不去关心这个世界的缺口的这样一类姑娘，她们的人其实很好，可是跟她们相处真的很累，因为，亲爱的，没了缺口，你让我怎么跟你融合呢？

# 恭喜你不再是"好人"了

前天我说了到底是坏人更伤人还是好人更伤人呢？答案是，那些只对外人好，对自己和自己人都不好的"好人"其实是最伤人的。

这一类人也是心理医生们重点帮助的对象，说白了，心理医生就是让人学会正确地对自己好一点。那么那些只对外人好，就是不对自己好的所谓的"好人"该如何进行自我心理调适呢？

嗯，在这里真的用"所谓的"比较合适，因为这种对人的"好"其实不是真的好。首先，这种"好"是一种讨好。很多这种只知道付出不知道爱自己的好人，在童年都有过不被重视总被忽略的经历，或者是家中的老大，或者是个女儿，从小总是被教育你要懂事，于是他从小在心里就有了这样的潜意识——"只有我先照顾别人的感受而不是照顾自己的感受，我才会是受欢迎的"，这种自我暗示会在心里如影随形，长大后他发现这种方式也能让自己获益，比如人缘好，别人总是称赞他善良、体贴等，于是，"乐于奉献"的特质就成了他日后跟别人建立关系的最主要的方式。

道德感的高帽子越戴越多，自己为别人承担和承受的越来越多，对自己越来越忽略，甚至会有点自我虐待的倾向，谁拦着他做"道德完美"的好人他跟谁急，可是对自己人，他却非常吝啬自己的付出。

其次，大多数对外人特别好的委屈的"好人"，都是内在缺乏自信心的人，比如，我们常常见到一些成功人士，觉得他们非常有个性，从不为别人的评价活着，甚至有点自我无所顾忌，其实这也是因为他们的成功让他们更加自信的表现，人自信了，别人怎么看自己真的就没有那么重要了！

所以，从"假好人"到"真好人"的心理调适方法是——你需要面对你自己真实的内心，别明明讨厌却非表现得很亲和，明明不乐意，但为了照顾别人的面子也只好将就，除了别人的评价，在你的学业、事业、兴趣爱好等方面得多投入一点，做出点成绩给人家看看，而不是总把注意力放在"对人家好一点人家才会觉得我不错"，只有这样，你的"好人"的假面具才会有摘下来的那一天。

当然，需要跟"好人"们分享的是，那些真正对你好的人，是不会从道德和责任的层面去要求你框住你的，他会放开你让你做真实的自己，他会时刻提醒你——嘿，你要先对你自己好一点！

## 从伤痕中看见成长，
## 才能叫作"智慧"

"我经常有那种感觉，一个事情来了，你却没有勇敢地去解决掉，它一定会再来，生活真是这样，它会让你一次次面对你的功课直到你学会为止。"这段话出自我很喜欢的一位女作家廖一梅的文字集《像我这样笨拙地生活》。

我经常会在清晨拿出来读一读，那些对生命真相的彻底揭穿，会让我内心感到平静。因为接受，所以平静。

我想一定有很多人跟我的感觉一样，非常喜欢这个书名。是啊，因为我是这么地笨，笨到不会伪装，老是用心里最柔软的部分挑战坚硬粗糙的现实，所以老是受伤。不过没有伤痕，也就没有成长了，只不过，并不是每个人都能从伤痕中看见成长。

"苦难是一笔财富"这话，只对愿意接受改变的人才是有道理的。

比如有些姑娘,总是不停地碰到渣男,她可能会解读为"遇人不淑"或者"男人都不可靠"。但其实有没有想过,是否每个伤害了你的男人,都教会了你一些什么呢?

有些男人可能教会你"看人要看他做了什么,而不是说了什么";有些男人教会你"即便对你最爱的人也要有原则有边界,宽容不是纵容";有些男人教会你"你永远要比爱他更爱自己一点,当你放弃了自己去爱他,他有一天也会放弃你的";有些男人教会你"蒙蔽双眼,接受他第一次的欺骗,就是自欺欺人的开始";有些男人教会你"任何人对你的付出都不是理所当然,懂得感恩,使人高贵"……

你看,任何一个伤害过你的人,其实都是来教给你一些功课的。只是你不肯改变自己,只愿意停留在糟糕的情绪里,那么,这苦就算是白吃了,这个人也白来了,这才是"何苦来"呢?

我们每个人来到这世上都会受一些苦,但是你只要开始改变自己,勇敢去面对自己的弱点,那么这个苦就会到头,否则你就会反反复复,没完没了。不是你不走运,只是你不勇敢,你说呢?而在我看来所谓的智慧,跟什么权谋心计没有半毛钱关系,无非就是懂得了 hold 住自己,并且在伤痕中依然获得成长,看见了向上的力量。

# 有种成长叫"关你啥事？"

这两天，我被一件很小的事情困扰了很长时间，昨晚总算得到了解决。这事我现在想起来还会哑然失笑，会在心里奚落自己"这叫什么事啊！"

事情要从一块地毯开始说起。我们家里有一块铺了两年的化纤地毯，一直没有时间清洗，藏污纳垢很严重。周三那天，我就跟阿姨一起把它扔到了楼下。因为这块地毯并不大，当时买的时候也不过两百多块钱，如果清洗，可能就不止这个价钱了。于是，我就，把它，扔了。

放假期间北京一直秋雨绵绵。有一天，我突然发现——咦？被我扔掉的地毯，被物业捡来妥妥地放在了公寓楼的入口处，供下雨天大家来来往往踩踩脚，免得把公共环境弄脏了。我心里又惊喜又有点舍不得，毕竟一事一物都有感情，而且那块小地毯非常漂亮，看着被邻居们踩得黑了吧唧的，作为曾经的主人，我还挺心疼的。

于是告诉了几个朋友，这下可不得了了。一个并不怎么熟的朋友听说了这事，发微信吧啦吧啦开始教育我："你这人怎么这么败家呀？你这样任性真的好吗？你家这么有钱吗？下回再扔东西直接跟我说，就见不得你这样浪费的人！"嚯，我本来就正心疼我的小小地毯，被他这么一扣大帽子，我更心虚了。

于是，我干了更滑稽的事情，熬到半夜，又趁没人把地毯拿了回来，想着——不如找家清洗公司洗洗继续用？第二天一打听，洗一次五百块起价！话说，我两百多块买的好吗？！

最后的结局是，我继续把小地毯拖到了楼下，坦然地看着对我已经没什么用处的"老朋友"继续为邻居们发挥余热——这不也挺好的？！

后来我就开始反思，我这来来回回折腾，到底错哪儿了？后来我明白了，其实就是被那个从道德层面给我上纲上线的朋友影响的。我后来心里又好气又好笑地想——我自己努力挣的钱，我自己花钱买的地毯，我不想用了怎么处置它是我的权利，真是轮不到别人说三道四的。我又没扔他家的地毯，又没侵犯他的权益……

其实，仔细想想生活中这样不尴不尬的事真是非常多。我们常常有"做自己很难"的感受，就是因为有相当多的爱操别人闲心的"道德卫士"存在。

你没结婚，他们会跳出来——你怎么还不找对象呢？你再这样下去，让你爸妈多着急呀！

你没生孩子，他们会跳出来——你怎么还不生孩子，再大了生不了了，你爸妈等着抱孙子，你对得起他们吗？

你想辞职，他们会跳出来——哎呀，你怎么能干这种冒险的事呢，你也不顾及一下你爸妈的感受？人不是为自己活着，你不要太自私！

你想离婚，他们也会跳出来——什么，你要离婚？你对得起孩子吗？单亲家庭孩子很惨的，你怎么这么自私没有责任感呢？

其实面对这些人，真的只需要一句话就可以回应——关你啥事？！

所以，很多时候，当你觉得"做自己"变得很困难，可以静下心来找找看，你身边有多少这样的好事者，而你又被这样的道德绑架影响了多少呢？有在心里说出"关你啥事"的勇气，你才会有更多自信，你可以试试。

我生活中的这件小事跟你分享，希望也对你有启发。

太爱面子的人，都是由于不够爱里子，
这个里子，就是自己的感受，
也就是不懂得尊重自己的感受，不知道爱自己！

Chapter

2

不会拒绝别人，

你让别人怎么喜欢你？

# 一句顶一万句，
# 其实没那么难

音符"向往"在"音符社区"给我留言说："青音姐，我从小比较老实，性格有些内向，和不熟的人不太会聊天，特别是女孩子，在一起简直没几句话聊。

"平时不见面用微信也找不到什么话题好聊，打电话几句废话之后就冷场了，所以和女孩子聊天不多，至今单身一枚。怎么才能改变呢？"

你好，向往，古代大文学家杨雄说过"言为心声"，这个"为"你也可以读成第四声，意思是语言是心理活动的反应。

语言也是为了表达心理活动才有的，所以，重点还真不在你的语言，而在你的心。心的问题解决了，自然就有话想说了。

或许你曾经经历过这样的童年——小时候的你，曾经非常愿意向自己的父母，以及家庭中的亲人表达需要和想法。

但是，如果你表达的需要，总是无人回应或者是被指责，那么你幼小的心灵里就会留下烙印：表达需要是不被喜欢的，我的需要是没有价值的，甚至是会被惩罚的。

这种由于"外界引发"的无意识的伤害，会严重影响到你的表达能力。让你在内心深处，对"说话"产生某种不良的认知和感受，自此影响了语言表达的能力和欲望，你的语言被心理感受阻隔了。

还有一种情况是，在你的家庭里面，父母之间都是少言寡语的，或者父母当中有一方是不善言谈的。

那么你在行为学习和性格认同上，可能受到不善言谈的父母的影响，在你的无意识当中，有个认识：不说话是安全的，或者感觉到自己"也知道该说话，但是就是关键时候不知道该说什么"。

这个模式一旦被建立起来，就会让年幼的你，一想表达的时候就产生强烈的心理冲突。一边是说话的欲望，一边是对说话的焦虑，怕说不好，所以就干脆选择了闭嘴。

第三种情况是，对生活以及周遭，完全没好奇心，没有兴趣，缺乏观察，更没有自己的思考，也就是处于一个心灵麻木的僵硬状态。

而这种心理状态形成的直接原因是，自我价值感低下所造成的。他不认为自己有选择生活的权利，以及改变生活的能力，因此就选择了不思考、不感受、不选择，被生活推着走。

内心的声音不是"我想要……"，而是"我不值得……"，因此思想贫乏、内心茫然、语言空洞，整个人是空心的、无聊的。这样的人，也会寡言少语。

但是我相信，在社交和信息网络如此发达的今天，每个人每天都会接收到数不清的信息刺激，因此完全麻木的、对生活无感的，真的是极少数，看看我们的朋友圈就知道。

以上心理分析，不知道会不会像是一面镜子，让你重新认识一下，不爱说话的你自己呢？


该怎么改变呢？

首先，你需要问问自己是否真的愿意改变。大多数深陷苦恼的人，其实是不想改变，否则主动寻找出路，怎么都能找到。所以，问问自己，你的不爱说话，让自己获益或者眷恋的地方在哪儿？

一个男子汉沉默硬朗的形象，一个不肯袒露脆弱和自卑的厚厚的盔甲，还是你其实愿意维护你的"老实人"的形象，这样就会避免别人看到你的个性和攻击性，你会更有安全感，对吗？

打破这些，你才能愿意开口讲话。

有一把社交中的"金钥匙"，或者说是"玫瑰"，名叫"称赞"。你再不会讲话，也可以学学如何称赞别人，因为没有人会拒绝一个称赞自己的人，人人都爱听好听话。听到好听话，都愿意跟你聊天，继续把话题接下去的。所以，学会夸人，其实是改变你不会说话的社交尴尬症的好方法。

以下夸人的心得，分享给你听。

一、从小往大夸。你夸一个姑娘的耳钉真好看，发型真不错，就比直接夸她是个美女，效果要好得多。因为细小的称赞会让人感受到，你对对方是花了心思在观察的，你在注意她，这会让她也同样兴奋起来。

二、从外向内夸。你夸赞一个人的品格，无论如何都不如你夸赞她的内在会更让她印象深刻，你可以称赞她好看，你更可以称赞她耐心、温柔、体贴、勤奋、努力等正面品质。你对她有用心，没有什么能比这个，更让对方快速留下对你的好印象了。

人人都希望被"看见"，你也一样。在你渴望被别人"由小到大，由外向内"接纳的时候，你要相信，其实每个人都跟你一样。老实说，只有从不肯体贴别人的、真正自私的人，才会躲在"不爱说话、不会聊天"的幌子下面不肯成长，希望你不是！加油！

## 不会拒绝别人，
## 你让别人怎么喜欢你？

音符"幸运娃娃"在微社区里留言说："青音姐，今天被舍友拒绝帮我带东西回家，让我难过了很久，为什么我会那么在乎这点小事情呢？因为我觉得每次都帮她了，她为什么还会拒绝我呢？！反正我各种玻璃心，各种难受。

"朋友说让我下次也拒绝她不就行了，可是我真的不好意思拒绝朋友，因为我自己被拒绝很难受，所以我也很怕拒绝他们。这样他们如果不理我了该怎么办呢？我现在真的不知道该怎么才能变得成熟啊？"

"太爱面子的人，都是由于不够爱里子，这个里子，就是自己的感受，也就是不懂得尊重自己的感受，不知道爱自己！"——昨天晚上我在中央音乐学院，为大学生们做"救救我的心"抑郁症青春救心计划的公益演讲中说了这么一段话。

当时有个女同学向我提问，说自己的男朋友就是不懂得拒绝别人，对外人都很好，但是跟她在一起时又非常暴躁、非常没有安全感。我告诉她，这是因为男朋友把她当成自己了，所以会对她脾气坏、非常粗暴，男朋友就是这么攻击自己的呀。

所以幸运娃娃，我想知道，当你总是不敢拒绝别人的时候，你对软弱的自己的不满、你的负面情绪是通过什么方式出来的呢？是不是就是会体现在你的敏感、玻璃心，对他人的拒绝格外地难过呢？

你的"难过"其实是一种心理上的"愤怒"对不对，它只不过是披上了"难过"的外衣。其实你在心里非常怨恨那位拒绝你的同学吧，如果今后她对你的拒绝积累得多了，你暗地里会很想报复她甚至毁掉她也不一定，虽然这念头有可能吓到你自己！


我们先来看看"拒绝"的心理意味到底是什么。

拒绝，原本就只是"暂时不行"或者"刚好不巧"。对于自我价值感高的人来说，遇到拒绝，只会"对事不对人"，不就是暂时不行或者刚好不巧嘛，这有什么大不了，再说呗。

但是那些自我价值感低的人，人家说"不"到了他那里，就几乎是对自己的全面否定。人家的意思不过是"这事不行"，他就会当作"你这人不行"给听了去，记在心里，然后反反复复地折磨自己——

"他为什么拒绝我呢？一定是讨厌我对不对？那我到底哪里做错了让他讨厌我？我一向对他很好啊，他凭什么还讨厌我？这个没良心的！

我看这世上就没好人！他在欺负我吧，所以嘛我就是个没人喜欢的人，没有人肯对我好呀……呜呜呜。"

"玻璃心"们对以上的内心戏一定非常熟悉对不对？

不会拒绝也不能自如地提出要求，又怕被别人拒绝的心理状态，在心理学上称为"被拒敏感"。这种人对他人的有求必应、热心助人其实是社交焦虑的表现。因为这并不是真的对人好，这只是一种为了应对焦虑而做出的"讨好别人"的行为。

讨好别人有两种情况：一种是功利性的，也就是通过主动讨好别人而达到自己的某种目的；第二种是防御性的，通过讨好别人而达成情感联盟，避免自己成为被攻击的对象，为自己取得宽松的生长环境，这种"假性好人缘"其实是一种逃避，也就是不成熟、没长大。

因此，害怕说"不"的心理，是一种以自己为主观蓝本，来对别人进行的心理投射——说"不"未必就能伤害到别人，本质上是由于自己内心受不了被人拒绝，所以将这种焦虑感投射给了别人。


害怕被拒绝因而不敢拒绝别人，这种心理形成的原因是很复杂的。

有东方传统文化的影响。中国儒、释、道文化有着厚重的耻感内涵，造成了中国人高度重视做人的"礼仪、气节"，高度重视人的"脸面"，"人活一张脸，树活一张皮"是中国人的集体无意识。

中国文化中的"面子"的含义就是：他人眼中的我。也就是说你做任何事情都要顾及面子、做得体面，不能让别人在背后戳你脊梁骨，你得顾忌自己的行为对他人的影响，以及他人对自己的看法。

耻感文化形成了束缚内心的枷锁，导致一些人由于个性懦弱、内心自卑而在一个讲究面子的文化环境里感到非常不自由，备受社交焦虑的折磨。这种人是活在别人的印象中的，其自我的概念是建立在他人评价之上的。这就决定了他在人际交往时，会高度关注他人的行为反应，包括他人的需求。满足了他人需求，自己就有价值，让别人失望了，自己就一无是处。

在心理层面的原因，还有一部分是来自原生家庭。这种人通常在年幼时，有过非常深刻的被拒绝体验。

比如，常常会被父母的"不许你……""你不可以……""你再这样就不喜欢你了……"等这样含有拒绝意味的语言吓唬，这就造成了他一方面非常渴望跟人建立依恋，一方面又担心自己做得不够好的话，亲近的人会随时翻脸、抛弃他，切断跟他的依恋关系。

这种对依恋既渴望又害怕的心理焦虑像一个魔咒，让他在成年之后的人际交往中，完全不敢去做自己和真实地表达自己，陷入对拒绝和被拒绝都过度敏感的恶性循环里。

所以幸运娃娃，你想要做出改变，绝对不是一朝一夕的事，需要对自己彻底地自我觉察和自我接纳，并持续不断地社交训练。

以下小建议，你可以先试试。

第一，承认自己对别人的"好"，并不是真的喜欢对方所以才对他好。

那只是希望对方喜欢自己，可是这又有什么关系，每个人都希望别人喜欢自己，那么，对方当然就有权利不去看重你并不真实的喜欢对吗？这样就会降低了他人没有给自己回报时的愤怒。

第二，在拒绝别人时，务必同时说出你准备好的 B 方案。

比如对方找你帮忙，你做不到，不伤害关系的做法是，你首先明确告诉对方你做不到，然后告诉他或许可以去找谁谁谁，或者你帮他联系一个有可能帮到他的人，或者帮他求助于网络，帮忙发个朋友圈也可以。

总之，你虽然明确拒绝了他，但并非把他丢在一边，而是愿意跟他分担一些焦虑。这样你的拒绝就既没为难自己，也没有伤及关系了！

幸运娃娃和跟他有相同困扰的朋友，希望以上建议和梳理，能够有些帮助。

# 最好的友情，
# 就是对彼此"有用"

昨晚，闺密蒋术第一次做电商的尝试，通过我的公众号售卖家乡的老字号手工月饼，一共准备了一百份，全部售罄，今晚销售通道已经关闭。

对一向以才华横溢的文字见长，内心非常小文艺小清新的她来说，能迈出这一步真的很不容易。而作为一个追求完美的抑郁症患者，能够打破对"完美形象"的执着，不再害怕闲言碎语和担心别人对自己说三道四，而是活得更加接纳和洒脱，能够放开自己，爱我所爱，爱我所做，更加接地气地热烈活泼地拥抱生命本身，这也是她的自我成长！我和周围的朋友们都替她高兴，鼓励她这么做！

我们是认识快十年的闺密，我们俩一个在北京，一个在长沙。我们有各自的生活，有各自的边界，也有各自的小阴暗和小秘密。我们能够在最困难的时候互相加油打气一起想办法，笑的时候一起笑，哭的时候不打扰。我们可以心贴心，也可以背靠背……我们不用整天黏在一起、不用特别热络、不用你的就是我的、不用什么都要分享——我们是成年人的友谊！

小时候丢手绢的情谊和成年人的友谊，有着哪些不同呢？

小孩子的友谊只要"你对我好"，而成年人的友情的原则是"互惠的"。你是个对朋友"有用"的人吗？——假如你被这句话刺痛了、愤怒了，甚至在心里骂"好功利"，说明你从来就不是个为别人考虑的人，或者说，真正功利的人是你自己！因为你把"有用"完全等同于"金钱、地位、人脉和权力"了。

其实，对朋友"有用"还包括更宽广的含义——

对朋友来说，你得是暖的和能被暖的。我不鼓励你当暖水袋，我要你确认自己值得爱！一个人不能给别人他没有得到过的东西，假如你从来没有感受过来自他人的善意和温情，凭空要你温暖别人也实在勉为其难。

所以，假如你要做一个暖的人，首先要自信你值得他人来温暖你：你能坦然接受他人的帮助，而不是把坚强错当成"逞强"，一切的压力委屈不懂得找人分担非要自己生扛。

你能坦然接受别人的赞美，大方说声"谢谢"，而不是面对赞美紧张无措得手都不知道往哪里放。

你能坦然接受别人的礼物，表示由衷地开心和喜欢，收下就好，而不是惴惴不安觉得欠了人家，非要赶紧找机会还回去——确认自己值得被别人好好对待，别人跟你在一起才会轻松自在没有压力，互惠的美好关系才会到来。

对朋友来说，你是自燃的也是能被点燃的。没有人乐意去叫醒一个装睡的人，你对生活悲观失望满满负能量，你像一块被打湿的木头和墙角发了霉的海绵，是不会有人愿意靠近你的。你对朋友的"一无所用"不仅仅表现在你自己活得没价值，还表现在你会让别人感到跟你在一起没有价值。

提醒你积极一点，会被你嘲笑太假；鼓励你乐观一点，会被你看作太装。你心灵的指针就是不肯向上，你沉迷于一切秀下限和往下走，你会让想要拉你奔跑的人多么沮丧啊！

年轻就该"燃"起来，即便偶尔低落，在朋友的帮助和鼓励下也会很快找到方向，你也会常常用自己的经历去鼓励和帮助别人，这样的你才会让朋友在你这里刷得出存在感，你们因为有了彼此，成了更好的人！

幼稚的关系才一边倒，真正优质的成年人之间的关系，都应该是互惠的，其实亲情、友情、爱情，都是！我们对彼此"有用"，我们能照亮彼此的生命，这才是爱本来的样子！

## 受人欢迎的秘诀只有两条，
## 但都和自身条件无关

写下这个标题的时候，我把自己逗乐了，这句绕口令听上去简直像废话，但其实它真的非常有用，如果你希望自己受人欢迎的话。

音符"茉茉盛夏"问我："青音姐，我是个职场新人，不会八面玲珑左右逢源，见了领导也不会拍马屁，我就只会埋头工作，可是这样的人一定不怎么受欢迎的，对吧？"

茉茉，我觉得你之所以觉得自己不受欢迎，其实有个很显著的心态，你发现了吗？

就是你的心不欢迎别人、不喜欢别人，你看你给那些受人欢迎的人总结的形容词，其实都不算是什么好词——"八面玲珑""左右逢源""拍马屁"……看来你的同事在你的心里可真没什么优点。

但是我要跟你分享两个受人欢迎的秘诀，可能以前你并没有听过，这秘诀不是什么善于倾听、好好说话，恰恰相反——

第一，你要完全放弃对"我受人欢迎"这个结果的期待。也就是说，只有你不在乎自己是否受人欢迎，你才会受人欢迎。以前有个朋友跟我讨论"那些站在台上的演员为什么一点都不紧张"，这样的心理素质是如何炼成的，我跟他说，这与其说是心理素质，不如说是对自我的认同。

当一个人自我认同比较高，Ta 在众人面前就不会把他人对自己的评价太当回事。因为 Ta 对自己已经有了非常稳定客观的评价了，不会轻易地被他人的评价左右对自己的看法，不轻易骄傲自满，更不会轻易妄自菲薄。

所以在任何场合之下，Ta 都能迅速回到自己，做自己。每个人做自己的时候都是最舒展的时候，你自在舒展，自然就充满无穷魅力。

想想看那些你喜欢的大明星，有哪一个是靠讨好粉丝来赢得粉丝的呢？他们的飒和酷只是外在，他们内心的声音其实是："我是我，爱谁谁！"

第二，你要学着去喜欢别人。之所以说"学着"喜欢别人，是因为人不是天生就喜欢别人的，我们在婴幼儿时代，心里的小空间就只有爸爸妈妈和我自己。

当再大一点，我们上幼儿园了、上小学了，我们发现活着没那么简单，我们是需要建立除了爸爸妈妈之外的人际关系才能得到一些资源的，这时候我们才开始去喜欢周围的小伙伴。

所以在心理学上，可以用一个人的内心对他人的容纳和接受程度来判定一个人的心智成熟程度。那些永远只活在自己世界里的人，有一部分就是永远不长大的孩子，而那个部分总是会让 Ta 跌跌撞撞还满腹委屈。

学着去喜欢别人，尽可能多地发现周围人的优点，大到一家公司，小到一个团队或者一个小组，如果你总是能从三两人群中找到每个人身上被你喜欢的部分，并且真诚地表达出来，你怎么会不招人喜欢呢？

当然，赞美一定要发自真心，要在你心里真的觉得对方名副其实，也就是你要"真实"和"诚实"，否则，夸大其词的话，再怎么说得漂亮，都是让人感到厌恶的！

如果听到这儿，你在心里说："青音姐，可是我就是没发现我的同事朋友有什么优点能被我喜欢，怎么办？"

那说明你还是心里只装着你自己，同时也装着对他人的偏见呢，再努力试试看，放下自己，体贴他人，再平凡的人也有动人之处的，就看你是否真的对人用心！

电视评论家克莱夫说过："任何人都不想被迷住，却都希望自己很迷人！"所以"不企图让别人喜欢自己"和"发自真心地喜欢别人"，这两招你试试看，肯定能赢得好多人的喜欢，相信我！

其实，这两个秘诀翻译过来就是"自信"和"诚恳"！聪明的你，记住了吗？

# 善意的谎言
## 和恶意的谎言的区别是······

音符"艾玛"问我："青音姐，我是个不会撒谎的人，比如，闺密买了新衣服，问我好不好看，不好看我就会直接说，明明很丑呀，我实在不想骗她！但是我发现大家并不想听真话，反而是那些假惺惺的称赞让人格外开心！在生活中，如果有人敢对我撒谎，那他就死定了！但是我的男朋友说，我这样的个性让人很有压力！可是做人纯粹一点有什么不好呢？"

你好艾玛，很多人会滥用"纯粹"这个词，误以为"纯粹"就是非黑即白、纯粹就是"眼里容不得一粒沙子"，甚至把"纯粹"当成对别人的苛刻要求。但其实，"纯粹"就是心无旁骛、不计回报地全情投入而已。

假如说给谎言一个颜色，那么我想，在心理上它应该是灰色的。就是说黑不黑说白也不完全白，说不上对也不是完全错，谎言其实是人性的模糊地带。

可是你知道吗？能够接受，忍受，直到原谅，甚至怜悯人性的模糊地带，才是一个人是否成熟的标志之一。

那么为什么谎言会让你格外生气呢？你的愤怒其实并非来自被谎言所伤害，因为理智让你很明白，有些谎言根本没有任何杀伤力。可是为什么你还会如此愤怒呢？一句小小的谎话被你知道之后，就像你说的"对方可就死定了！"，你的心里，到底是被伤害了什么呢？

首先，在心理学看来，你对谎言的愤怒，来自你还未完结的青春期的攻击性。我们都知道青春期的少年特别容易生气，因为那时候是 Ta 能量特别饱满，但是又在急于寻求自我的生命阶段，所以 Ta 的生命如同鼓胀着汁液的新鲜花瓣，既脆弱又敏感，简直就是一个疼痛收纳器，那时候一点点的没被重视、伤自尊，都是不可被原谅的。

这样的心灵由于过分敏感，所以会变得格外易怒，满满的攻击性无处发泄，所以"谁对我撒了谎"就是被攻击的目标之一。所以我们可以理解为，对谎言格外愤怒的人，在心理上有一部分还没成熟，还是个跟跟跄跄的慌张少年！

其次，对谎言敏感的人，也会和自己过高的自尊心有关。你知道什么人才会自尊心过强吗？是那种对自己信心不足的人。越自卑，越自尊心强，一言不合立刻在心里拉黑别人。而 Ta 对别人的苛刻，其实是 Ta 对自己不断的挑剔和苛刻。

人们不可能给别人 Ta 自己没有的东西，总对自己挑三拣四，不断地觉得自己这也不行那也不好，对自己不宽容，对他人也就不可能宽容。

最后，对谎言敏感的人，也是有着"精神洁癖"的人。"洁癖"是一种强迫性重复，在心理学看来，过度的"干净"其实是对"脏"敏感，也就是说，在心里的某个部分，Ta 对"脏"的渴望，被 Ta 自己给压抑掉了。"脏"代表的有可能是性欲，有可能是攻击性，也有可能是野心，那是 Ta 自己不敢面对自己的"小魔鬼"的部分，但其实，那个"脏"或许才是 Ta 的生命力。

所以艾玛，我帮你梳理这么多，是希望你看到自己对谎言愤怒的背后到底想要的是什么。那么你也可以养成这样的习惯，去想想那些对你撒谎的人，到底纯粹是为了骗骗你寻个开心，还是为了让大家都心里舒服点呢？

"善意的谎言"和"恶意的谎言"的区别——是为了让关系更融洽，还是为了伤害关系。在我看来，凡是为了对关系更有利的谎言，都在成年人可以接受的范围之内。

所以，当你为了图嘴上痛快说真话的同时，也想想你的这些话，是为了让你们的关系更好吗？你考虑过他人的感受吗？你就知道自己该不该说了。不管不顾的，不是直率，是自私！祝你快快长大！

# 爱上爱情，
# 不如爱上自己

音符"洁舒雨"问我："青音姐，我最近被男领导性骚扰，跟男朋友倾诉，他却说，那都是因为我在领导面前表现得太活泼，让男人觉得我是个可以随便的女孩子，说以后我在言谈举止、着装上一定要特别注意。我知道他是为我好，但是心里还是挺委屈的，后来跟男朋友在一起的时候，我越来越不能放松了。我不是那样的女孩子，我是个好女孩，我该怎么让男朋友相信我呢？"

亲爱的姑娘，在我看来，你的男朋友和你的男领导基本属于同一类人。在男友眼里你是他生活的附属、是私有物品，而不是人格需要被尊重的人；在男领导那里，你是一旦触发欲望就要找机会消费和占有的物品——他们都属于对女性没有基本尊重的男人。

从心理学的层面解释，他们或许跟自己的母亲关系并不好，母亲或许胆小懦弱常受欺负，或许过分强势自作主张，在他们成长的过程中，没有感受过来自女性的、温柔的、全然接纳的力量。一个人不可能给别人Ta自己没有的东西，所以他们对女性也从未温柔和全然接纳过。

潜意识层面，他们对女性既极度渴望又害怕，既想占有又非常痛恨——他们是那种对女性极度缺乏安全感的男人。

不过，心理学不是万能的，它只能对一些问题做出某个角度的解释，能够解决问题的钥匙，还在你自己的手里。

问题不在于别人怎么看你，而是你怎么看你自己作为一个人的存在——真的需要从此谨言慎行、小心翼翼、衣着保守，活在一个刻板的套子里，才能让你缺乏安全感的男友满意吗？这样的你是有活力的、快乐的吗？你被男领导骚扰，你是受害的、需要被保护和心疼的人，你又错在哪里呢？

姑娘，你不用为自己是个招人喜欢的女孩子而对任何人感到抱歉，你不欠谁的！这个时代最大的进步在于，鼓励每个人按照Ta自己的意愿生活，看看最近热播的《欢乐颂》就知道。尽管我个人并不喜欢这部剧，但是我想它对这个时代依然是有进步意义的，尤其是对于女性。

它敢于呈现女性对金钱和性的蓬勃的欲望。比如那几位用金钱作为衡量阶层和身份的并不怎么可爱的姑娘，再比如在大结局中，女主角安迪敢于放弃一个四平八稳的好男人，转而选择一个让她荷尔蒙满格、充满"性趣"的男人。

所以姑娘，在你不侵犯他人也没有危害公序良俗的前提下，你可以成为你想要的自己，而不需要被任何人的观念束缚、定义和贬低——这是这个时代进步的标志，也是你学着接纳和珍惜你自己的开始。

一段恋情倘若不能让你做自己而只是拼命让对方满意，它就是在扼杀你的生命力，而没有了生命力，你们的恋情又能维系多久呢？

爱你自己，而不是爱上爱情！加油！

# 你不善交际?
## 巧了，当年我也是

音符"小爱无涯"问我："青音姐，工作以后我发现我不擅长交际的个性越来越凸显，比如，特别不愿意参加同事周末 party，特别不乐意跟别人一起聊八卦，总之就是特别不喜欢一群人干点什么，可是我这种内向的个性，人缘会不好吧?"

确实有一种心理问题名叫"社交焦虑"，可是你知道一个人焦虑的原因是什么吗? 是想"要"，而不是想"不要"，是在事情还没有结果之前，就很担心结果不如自己预期的那样，于是提前透支了失望和沮丧，由此带来的巨大的心理压力、挫败和慌乱无助感，这就是焦虑。

所以，对那些总觉得自己有社交障碍的人来说，所谓的"我不善交际"，其实心理潜台词是"我好希望跟大家交际呀""我好希望大家都认可我、喜欢我呀"。

这其实是太想靠近人群、太希望被接纳，因此忧心忡忡，于是表现出的跟心理意愿相反的行为。

当然，每个人又有不同，有些人表现出"刻意的疏离"甚至对"人群的厌烦"，显得挺清高的；有些人表现出羞涩和拘谨，显得挺老实挺腼腆的。是的，人的心理最有趣的地方就在于——很多时候我们的行为跟我们的内心是相反的！

所以，我们要试图去深切理解一个人，大多数时候是要去体贴 Ta 没能说出口的部分，我们对自己也是一样，要看到你的行为背后真正需要的到底是什么？是真的"不要"吗？

不用否认你其实有多渴望"人人都喜欢你"，因为人人都跟你想的一样，但成熟的人会早早接受，这跟"天天开心"一样，无论你多可爱都完全没可能！

所以，放弃掉你想要赢得所有人的喜爱这个念头，你在人群中就会坦然多了！有人不喜欢你，有人没空喜欢你或者没空不喜欢你，有很少的人会喜欢你，那又怎样？

其次，在心理学上，对"内向"的正确定义其实是"敏感"，有些人看上去在人群中很 high 很会讲笑话逗大家开心，可你知道 Ta 有多少是因为太紧张，所以才主动活跃气氛吗？又有多少是因为太害怕大家冷下来，所以才故意把现场搞热吗？

深入了解 Ta 你或许会发现 Ta 的个性原本不是这样！正如同那些跟你在一起时你一本正经，可 Ta 总是嘻嘻哈哈地打岔，甚至把你搞得挺生气的人。

你真的了解，其实是因为 Ta 对"跟你建立深入沉静的内心连接"有些太渴望，又太害怕失去你吗？其实是 Ta 比你更内向更在意，虽然表面上 Ta 比你放得开，更不在乎。

所以，真正内向的人，不是凭借在人群中话多话少来衡量的，而是看他是否对别人的恶意、不满、不屑、不接纳、对空气中哪怕一丝一毫的冷都十分敏感，还是真的无感。

无感有无感的好处，这样的人最适合做销售和所有外向性格的人适合去做的工作，敏感也有敏感的优势，内向的你虽然容易受伤，但是人类情感世界里那些动人的部分也会被你早早体会，并且感悟多多，你的水晶玻璃心会更能折射出这个多姿多彩的世界。

所以，人们只会因为你"眼里没他人"、太以自我为中心而不喜欢你，不会有人是因为内向而没有好人缘的。

在给你写这段话的时候，我仿佛看到多年前的那个我自己，跟同学疏离整日爱坐在窗边的那个少女。现在的我依然敏感，但是我也很善于交际，所以，要相信自己，你也可以！

# 对父母，
# 哪些事你应该拒绝？

昨天，在我们的"音符社区"里，音符"rainboat"发了这样一个帖子："今天是 2016 年 2 月 14 日，也是情人节，快要离家的时刻。我要给爸妈洗洗脚，暖暖父母的心。这些年一直在上学，没有给爸妈太多的物质回报，可是我以实际行动告诉他们——我是爱他们的，希望他们在家过年时健康幸福，照顾好自己，为儿女少操些心，因为我已经长大了……"然后配了几张给父母洗脚的照片，非常温馨感人。

首先，我特别谢谢 rainboat 满满的正能量，做儿女的能对爸妈这样，相信爸妈会感到幸福极了！不过老实说，每当看到类似的场景，我又总觉得有点过于沉重。

就拿洗脚这件事来说，我曾经放在我自己身上设想过，我会给我的父母洗脚吗？我想假如不是父母生活不能自理，我不会这样做。我不爱去做一切过于形式化的事，对家人和爱的人，我更加不会如此。给父母端盆洗脚水，这我常常做，可是让我脱下他们的袜子，把他们的脚按在脚盆里，非要我来给他们洗脚，我们双方都会挺不自在的吧……

当你把原本对方力所能及的事非要抢过来自己去做，以表达你的情感，这就叫刻意。刻意地示爱，即便是亲人之间，也是会让人局促不安的。原因很简单——你越过了"边界"，那事他自己能做！爱和干涉，只一步之遥。

在亲近的人之间，比如你和你的父母、你和你的伴侣、你和你的闺密，还有你和你的孩子之间，如何掌握好"边界"，就是处理这些关系的智慧的高下。但老实说，这真的挺难做到的。

我们不是常常听到这句话吗——"大街上那么多人我怎么不去管，偏管你呢？我管你是为你好！"我们也常常会这样对亲近的、心爱的人说，对吧。可是有一句很好的应对是——"大街上的人，人家让你管吗？"

所以你看，很多时候，亲近的人之所以对我们的生活有满满的控制欲，其实是被我们自己"邀请"的。父母催我们结婚、生子，我们吃什么、穿什么、跟谁在一起，他们都要唠叨。伴侣翻看自己手机、打电话盯梢等行为，这些都是我们自己互动出来的结果，并不是他们原本就是这个样子。

所以，拿父母来说，哪些事你允许父母做，哪些事你需要事先定好规矩，这个边界，其实你自己可以掌控。

跟你分享一下我会如何应对父母那些不恰当的"干涉"。

一、关于我的朋友和圈子的"干涉"。比如，你跟谁关系比较好，那人家境如何背景如何，你应该多跟什么样的人结交等，这些事我从来不会征求爸妈意见。但是为了让他们放心，我也会常常把朋友们积极阳光的一面偶尔透露给他们。

二、关于我的情感生活的"干涉"。问题很常见，不再一一列举，我的应对方式是："请相信我有能力处理好自己的事"，父母也就知道退回他们该守住的界限里。

三、关于我的人生重大决定的"干涉"。比如，要就读什么专业、要选择什么样的工作、要不要辞职等，我的原则一向是"让他们充分表达意见，然后我自己拿主意"。我会在刚开始的时候主动跟他们谈论，听他们的想法，而不是闷声自己思来想去，或者是等着他们着急来问我。但是当我做决定的时候，那一定是我自己的事。我会让父母看到一个肯为自己的人生买单的我，而不是焦躁不安、犹豫不决的我。

对父母，我并不是强势，而是温和地坚持。幸运的是，我没有碰上一对用孩子来满足他们自己自私的情感需要的父母，所以，我们彼此的情感是成熟、健康的，充满了信任。

亲密有间，是处理好一切亲密关系和亲子关系的重要心理技巧。比洗脚更能表达爱的，是父母和你之间彼此的大事小情的相互尊重感受、用心关注细节的温暖美好，以及放手让彼此去选择 Ta 自己认为适合的生活，而不是相互控制、埋怨，以爱之名去绑架和伤害。

新的一年，祝福你和你的父母，亲密有间！

# 如果友善，请离我远一点

前两天我在一个超市排队交费，人并不多，可是一位浑身热乎乎汗津津的大姐排在我后面一直往前挤，身体几乎贴到了我的后背，我当然感觉很不舒服，往前站了站，结果她又贴了过来，还一直火急火燎地催："快点，哎呀这个收银员，这么不利索。"我只好说："您要是有急事，我跟您换换位置吧。"她说："嗨，我也没什么急事。"

然后她倒也不客气，就直接站到了我的前面，可是她前面还有一位女顾客，她还是这么着急地往前贴着人家，人家那位姑娘不干了，直接就开始嚷嚷："你干吗离我这么近啊？不就是交个钱吗，至于这么着急吗！"这位大姐气鼓鼓地吵："矫情什么呀，都是女的，离你近怎么了？！有病！"这俩人你一言我一语就吵了起来。

从很小的时候起，其实妈妈们就应该教给孩子一个概念，叫作"心理距离",也就是说,礼貌和教养,有时候就体现在"距离感"上,比如说:当你跟人家没有那么熟悉,就不要打听人家家住哪里每个月挣多少钱等一些比较隐私的问题;当你跟人家没有那么深的交情,就不要麻烦人家帮忙或者找人家借钱。距离很多时候就是一种尊重。

除此之外,身体的距离也是需要格外注意的。在《恋爱心理》这本书里,将人与人之间的"亲密距离"定为四十五厘米,也就是说,四十五厘米,这是恋人之间、夫妻之间、亲子之间、亲人之间、好朋友之间才会有的距离。

在这一距离当中,人们会彼此感觉到对方身上的味道,皮肤里散发出的热气,假如是有情感连接的人,这会让人感到非常安心踏实,并且令人放松。就跟小宝宝必须闻着妈妈的味道才能安然入睡一样,亲人跟自己的距离很近时的那种味道,会让我们很有安全感。

可是,假如说离你这么近的是陌生人,恰恰相反,人们会感觉到不安、紧张、不自在,觉得被侵犯,甚至会感到愤怒。

因此,有科学研究表明,在公共空间里,向陌生人表示友善,最好是距离在六十厘米以上,底线是四十五厘米,比如搭乘电梯、排队、公共交通,假如不是人挤人、人非常多的情况下,如果对人表示友善,就需要主动离得远一点。我想这也就是我前面说到的那位大姐会跟人吵架的原因,因为她离人太近,太失礼了。

其实,我们会发现,越是发达文明的地方,人们越是会保持距离,因此,如果友善,请主动离得远一点。

# 说"对不起"的
# 正确打开方式

　　微信小伙伴"燕山小黑"留言说："青音姐，我跟女朋友分手了，是我主动提的，就是……唉，对她没感觉了，觉得没必要再彼此耽误着。前天说分手的时候她也没怎么着，还说这样也好。可是昨天，当我发给她一句'对不起'的时候，她突然就开始跟我歇斯底里起来……什么人呀，难道说声'对不起'我还有错了？"

　　嗯，小黑你好，你的留言让我想起了《流星花园》中道明寺的那句口头禅——"如果说对不起有用的话，还要警察干吗？"

　　不过从你的留言当中，看得出来，你确实是对她没感觉了，否则不会连她的痛苦和伤心你都感觉不到，还在用"对不起"来伤害她。

　　那，为什么说句"对不起"，反而会伤人呢？

　　因为从心理学的角度，我们每个人都有着逃避内疚感的本能。当我们确实做了对不住别人的事，我们就会披上各种心理防御的外衣抵挡这种愧疚感。

比如，我们会在心里找理由——"哼，其实她也不怎么样嘛！"每当愧疚感涌上心头时会马上转移——许多时候，我们很快陷入另外一段感情，并不是真的爱上了，只是想转移注意力；当然，也会像你这样"道歉"——其实是为了逃避那种"对不起人"的焦虑感，使自己在道德上跟对方拉平。

一句"对不起"让你感觉自己是谦谦君子了吧？

可就是你这种连对方的愤怒和怨恨都承受不了多久的不真诚，彻底把对方给激怒了。她会在心里觉得："你已经对不起我了，却连一点内疚都不愿承受，还要我马上原谅你？凭什么！"

那何时才是表达"对不起"的好时机呢？

第一，当你真的觉得自己有错的时候。你是确确实实打心眼里知道自己哪儿做错了，而且不再逃避这种无地自容的感觉。

第二，当你感觉到对方不再那么气愤和在意的时候。当她做好准备接受你的道歉了，你的道歉才是有用的。

第二，当你放弃了让对方原谅你的时候，我觉得这一点特别重要。说道歉是你的权利，对方不原谅也是她的权利。假如你拿出了宁愿让对方把你钉在耻辱柱上一万年也甘愿承担的实心实意来，对方才能真正感受到你道歉的诚恳！

　　很多时候，我们其实是因为不愿承受别人痛哭时带给自己的焦虑，才去安慰人的；或是不肯承担给别人造成伤害后所引发的愧疚感，才去道歉的——可真正对人好，就是要允许她在你面前真实地活着。

你只需要对自己保持诚实，
也在爱情面前保持诚实。
我相信在爱情中，
这才是真正的勇敢，
也是一个人陷入爱情之后最动人的样子——
我爱你，
我只想让你知道我爱你，
没有目的，
跟结果无关！

在爱情面前认尿，

却是你最动人的姿态

## 我要在你身上做，
## 春天在樱花树上做的事

"我想要在你身上做，春天在樱花树上做的事"，这是诗人聂鲁达的诗句。我要把这句话，送给给我发来留言的音符"墨紫寒宵"，因为昨天她辞职了。

她给我留言说："青音姐，我辞去了公务员的工作，打算开一家有花有书有茶的、属于我自己的小店。这叫不叫创业我不知道，但这个梦想在我心里已经三年。身边没有人支持我，大家都觉得我脑子有病。你能给我一句鼓励吗？"

现在已经是春天了，人们的情绪会在春天里变得活跃而复杂，当窗外满是青草若有若无的香气时，我们也能感受到自己的生命力在慢慢苏醒。所以，有些恋情会从春天发芽，有些梦想会从春天起步。而这一切的萌动都是在提醒我们——我们还活着。

你知道吗墨紫？其实并不是每个人都能感受到自己的生命力，这世上有太多的人，由于梦想和爱情遥遥无期，于是选择把自己埋在了琐碎的日常里。

当"过日子"变成了"被日子过"，心也逐渐地收起了柔软，变得冷硬、粗糙和麻木。在大家眼里，这是无奈，但是在心理学看来，这叫"防御"。

可是一个人如果想长大，想跟自己和解，甚至想要赢得真正的爱情，想要实现自己按捺已久的梦想，都必须先要完全敲碎自己的"防御"！

敲碎你的"防御"，对有些人意味着要跳出之前的舒适圈，比如你；对有些人意味着要撕碎之前自己给自己的束缚，比如那些为了挑战自己内向的个性、无惧他人目光做各种尝试的人；对有些人来说意味着展露自己的伤痕和脆弱，给深深信赖的人——敢于展露柔软，敢于迎接疼痛，人才能变得强大！

其实，我也在"柔软"这件事上纠结了很久。创业以来，我常常质疑我自己。我做事认真，但并不是女强人的个性；我不爱争先，也不大有锋芒毕现的姿态。那么投身到你争我夺的创业沙场，我是否真的能成功呢？

后来，我终于想明白了一件事。在中国古代的哲学中，追求"上善若水"；在老子《道德经》中，也将"天下之至柔"作为人生的大智慧。而在现代生活中，每个人都在巨大的压力面前飞速奔跑，人人都变得急躁和焦虑，这时代的人们其实更需要慢下来、静下来，更需要"柔软"下来。

所以假如青音所有的节目、声音、活动、课程和文字，都能起到让人们"柔软"下来的作用，那么陪伴大家心灵成长的过程本身，不就是"成功"吗？而在创业者的圈子里，把女人变成男人，不也是对女性的性别歧视吗？谁又能说，一个"柔软"的创业者，不会是更有力量的呢？！

所以墨紫，不管别人怎么说，我都会认为你非常勇敢和可爱，一想到你即将开创的跟花朵、书籍和香茶为伴的事业，我就替你高兴！

春天在樱花树上做了些什么呢？春天给了樱花树柔软的抚慰，樱花才得以献出芬芳。我想人也是如此吧，因为学会了"柔软"的智慧，才得以闪闪发亮！

# 少和"弱"人交友，
# 别和"穷"人恋爱

是不是看到这个标题你就来气了？

"青音姐你什么意思，难道我没钱、没资源，我弱势，我就没资格有人爱了吗？！"

其实，我这里想说的"弱"和"穷"指的都是心态，而不是现实。心理学上有"心理现实"的概念，很多时候，"心理现实"和真正的现实是有偏差的。当然，产生心理问题和行为问题的人，大都是那些偏差比较严重的人。

比如一个人明明长得挺丑，可 Ta 的心理现实却是——"看我多美，人人都得爱我、让着我！"那些心理上"弱"和"穷"的人，也都是一些自认为自己不行、不好，自己最惨，老觉得自己可怜兮兮的人。但事实上，这些人的现实条件有可能并不差，有手有脚能劳动。可总觉得自己很惨，需要别人多替他想；有房有车有存款，可还总觉得自己资源太少，心里不平衡。

这样的人往往深谙人性，所以最初交往时，非常善于利用你的同情，让你觉得 Ta 真是可怜、真是不容易，进而引发你想要多为 Ta 付出的善良之心。你开始凡事以 Ta 的感受为第一位的感受，处处替 Ta 考虑。紧接着你会发现，这种人简直就是无底洞，对你索取，再索取，但从不知道感恩，觉得你的一切付出都是理所应当，从来不知满足，对你依旧满是抱怨。

多年前，在和著名心理专家贾晓明做《学习爱》的节目的时候，我们把这种人称作"情感吸血鬼"，你再多的爱心和善良都只会助长 Ta 的自私。跟这样心态的人交朋友或者谈恋爱，Ta 们只会榨干你、耗尽你。

"情感吸血鬼"们当然最初都不是故意的，Ta 们心理上的空洞，都和童年时不被爱甚至被嫌弃的委屈经历有关。但 Ta 们在成年后对别人的弱势控制慢慢会不自觉地转化为故意的行为，因为 Ta 发现，自己能够从"装委屈、装可怜"中获得好处，总是能被优待，也总是能遇上憨厚善良、愿意付出的"天使"。所以你看，这种人是有多可恶啊。

要识别"情感吸血鬼"并不难，你只需要观察一下，这个人是不是常常肯为自己的生活、工作、情感、健康等负责，还是 Ta 们很善于把一切的不如意都推给别人，都是别人害的。

那么，该如何学会跟这种人相处，考验的就是你的心理素质和智慧了。

首先，跟 Ta 分清边界。任何时刻你都要有意识主动教会 Ta——什么是"你的事"，什么是"我的事"，什么才是"我们的事"，而不是大事小事都是"我的事和我们的事"。

其次，要在 Ta 利用你的情感和对你进行道德绑架的时候，hold 住自己。Ta 很有可能从道德上给你"胁迫"，比如你不照我说的做你就是没道德，或者故意戳痛你心里感情最柔软的部分，让你感情崩溃败下阵来。

最后，要学会拒绝。让对方明白"你少来这一套"，对对方的无理要求说"抱歉，我必须让你失望了，我做不到"。

当然，对于一个内心善良又情感脆弱的人来说，能做到以上三点真的很不容易，需要强大的内心和不断地有意识地自我训练，而且一定要避免在 Ta 的攻击下，你再自我攻击。

那么，假如说你发现自己多年来就是在扮演"情感吸血鬼"的角色，而让你的家人、爱人、朋友备受折磨、痛苦不堪，那么该如何改变呢？

其实，你只要先从学会"感恩"开始，学着感恩，学着为自己负责，进而学习帮助他人，这是"情感吸血鬼"们唯一的自我救助之路。

## 三个"渣男"教会我的事

音符"玫瑰不莱枚"问我:"青音姐,我认为自己是个名副其实的好女孩,从小学习不错,独立,工作之后的三年里一直在家乡的一家银行,家庭也很好。但是或许是因为我过于顺利和老实,我总是遇到渣男。

"第一个男朋友刚毕业就劈腿了,我很伤心,也没说什么。

"第二个男朋友处了半年才发现,对方是有家庭的,痛哭一顿之后分了手。

"之后在极度伤心的情况下遇到了现在的男朋友,结果他最近总是莫名其妙玩消失。

"为什么我的真心总是换来渣男的伤害呢?现在我整天茶饭不思,人瘦了很多,像是得了抑郁症了。"

玫瑰你好，渣男是不会让人得抑郁症的，只有被渣男伤害之后，再用他的错误来惩罚和攻击自己，才会有可能患上抑郁症。

也就是说，当你在感情中遭遇了伤害，你首先要做的也是最重要的是——不可以再一味地责怪自己！不是因为你的愚蠢、迟钝、好欺骗，也不是因为你不够好、不值得爱，自信点，情伤好得快！

当我看到你原本乖乖女的生活被三个你称作"渣男"的男人闯入，并撕开了伤口的时候，我还是想跟你说一声："抱抱你，没关系！"我们来梳理一下"渣男"究竟"渣"在哪里，或许对你平复心情有些帮助。


我相信没有人愿意被称作"渣"，"渣男"最大的特点在于：

第一，他从来不会认为自己"渣"，也就是他看不到自己的问题，所以对于那些从来都不知道要自我反思的人，要尽量远离。

第二，他从来不会主动解决问题，而是习惯了逃避。大多数在恋爱中受的伤，并不是来自"结束"，而是来自"未完成"，对方莫名其妙地就不再联系了，或者出了问题连个解释也没有就消失了，这样的人并不是"坏"，只是能力不足而已。

但是恋爱的过程就是要不断面对问题、解决问题的过程，那些从来不肯留下来，陪你解决问题的"孩子气"的恋人，当然也不会是理想的对象。

不过，在交往之初，有一些信号是可以用来判断对方是否有可能成为渣男或者渣女的。

比如：不必急于让对方承诺什么，但要看对方是否是个言出必行的人。在人际交往中，承诺是过于沉重了，但是如果对方答应了你的事，或者是他自己说了要做的事，却常常忘记，或者找借口不做，那么这个人是否靠谱，你就需要在心里打一个大大的问号。

语言是心理活动的外显，人格相对完善的人，会根据自己心里本来的意思去措辞和表达，只有想通过语言去证明一些什么的人，才会夸大其词。

比如，有些人之所以爱吹牛，是因为他在现实能力层面找不到价值感，有些人做不到还答应人家，是因为在现实中不容易感受到被需要。用语言来满足心理需要的行为，常常带有迷惑性，所以我们才会说，别看对方说什么，而要看他怎么做。

再比如：他做事是否更看重双向获益，还是只顾及自己。明知道"损人利己"还要去实施的行为其实大多数成年人都不会，因为会背负道德压力，但是利益层面暂且不论，做事一门心思只考虑自己，而根本没有更多的心思去稍稍顾及一下他人感受的人，他的靠谱指数也需要打个问号。

有一些哪怕很小的生活细节，你都可以看出这一点。比如：回复微信的时候，是否只知道用语音；每次微信聊天的时候，是否总是话题没结束，人就去忙别的事了；决定约见的地点时，只考虑自己方便和自己的喜好；跟你交流的时候，是否只感兴趣表达自己，而很少去过问和倾听你。

由此看来，遇到过不靠谱的恋人，也是一件值得庆幸的事，至少他教会了你，在未来能够更快速地将不值得付出的人过滤掉，所以，你可以为自己呱唧呱唧！

　　玫瑰你知道吗？其实，真正的好姑娘，是不怕被渣男伤害的。因为在好女孩的心里，都有着这样一些标配：

　　一、对自己足够地自信——"对方失去我，受损失的是对方"，好姑娘的这份自信不会因为被别人拒绝过或者伤害过，就轻易减分，觉得自己不值得被爱！

　　二、对他人足够地善意——"对方最终没有选择我，也不是什么罪恶"，即便是渣男，也有自己选择的权利，对方无论因为何种原因没有跟自己在一起，好姑娘都不会让自己停留在怨恨里，甚至能理解、能体谅，所以能放下。

　　三、对美好的一切足够地相信——"我不会因为任何的挫败而不相信爱情，不相信爱"，轻易就能被颠覆的价值观，原本就没有什么价值，好姑娘不会为了任何一个渣男而毁掉心里明朗的底色，假如一个渣男不仅带走了你的爱情，连同你对美好的相信也带走了，你就输得太多了！

　　玫瑰，希望以上的话，能够对你有些用。

# 忘记一个人的正确打开方式

音符"绯红燕尾蝶"问我:"青音姐,跟女朋友分手有半年多了,我经历了很奇葩的心路历程,从一开始的无所谓,并不觉得怎样,到现在半年过去了,却越来越想念她,时而想起我们在一起时,我哪些地方做得不够好,让她受了委屈,时而又因为她主动跟我分手而很愤怒。

"我们拉黑了彼此,我看不到她的朋友圈,但是看得到微博,于是我就每天去看好几遍,看有没有更新,揣测她的心情……为什么我越来越放不下她?我要如何才能放下她呢?这样真的好痛苦。"

分手了,反而更思念;拉黑了,反而更惦记。手边一没事做就马上跑去看 Ta 的社交网络的动态,天气好时想 Ta,天气不好时更想 Ta……

好想回到两个人还可以相爱的时候,而自己的人生,仿佛就这么卡住了,像是深深潜入悲伤的海底,无边无际——这种"思念总在分手后"

的刻骨铭心，好多人都有过。

可是你知道什么情况才会导致"分手后思念更浓"吗？是那种当两个人在一起的时候，留下过遗憾的人，没能珍惜，没有尽力。

跟人生一样，爱情也是一趟没有回程的列车，那个人，那个 timing，错过了，就是真的错过了，真正让人心痛的失去，不是失去了 Ta，而是失去了那个本来可以好好把握的当下。

要怎么走出来呢？

忘记一个人的打开方式之一：

总想着要"走出来"的人，是走不出来的。删掉 Ta 的电话号码，那个号码就跑到了脑袋里；删掉照片、拉黑对方，Ta 的样子就刻进了心里，而这些刻意，其实都是在意。

逼着自己想要忘记一个人，就跟失眠时逼着自己睡觉一样，越努力越徒劳无功，反而会起到相反的作用，你一再地逼迫自己忘记，其实是提醒 Ta 在你心里的存在，这更痛苦。

所以，更明智也让自己更接纳的态度是——去哭泣，去思念。慢慢你就会发现，你哭泣和思念的时间间隔越来越长，直到你已经不记得是从什么时候开始不再记得 Ta 了。

忘记一个人的打开方式之二：

去收集和总结这段恋情带给你的积极意义，而不是去恨，即便是你受了伤。那些放不下的人，往往是放不下受伤害的自尊，反反复复温习的都是："你凭什么这样对待我！"

你知道吗？在人的心理层面，疼痛的感觉也会上瘾，这种感觉很像是一颗即将掉落的牙，越疼越要去碰、去舔。

长期陷入心理疼痛而无法自拔的人，是一种病态，无法自拔只是 Ta 逃避看到自己问题的借口，"因为我受伤，所以我便免责"。

但其实，只有你看得到当初的关系里你做了什么或者你没做什么，你们的关系才成了今天的样子，同时对彼此曾经有过的那段岁月心怀感恩，你才能真的好起来——放下受伤的感觉，也就放下 Ta 了。

忘记一个人的打开方式之三：

选择不忘记。如果那个人是值得的，值得你在心里为 Ta 留一个小小的角落，一个不再寄予希望也无须回应的角落，当你感到疲惫，那个角落总能给你力量、温柔和安慰，这也是一种成熟和成长。

人越长大就会越明白，不再追求百分百的所谓纯粹，才是对人对己的宽和与慈悲。

而且，你心里那个角落里其实没有别人，只有一个心怀美好的自己，你值得成为更好的自己！

不拉黑、不删除、不怨恨，当你有一天还能跑去给 Ta 大方点赞，你才是真的放下了。

失恋是人生里一段极其珍贵的体验，它会让你更懂得自己，加油！最后告诉你一个心理学上的小秘密，越是自我价值感高的人，越容易走出失恋。

# 为什么女人爱上渣男
## 还自以为很高尚？

音符"阳光"在我们的"音符社区"里给我留言："青音姐，看了你上周在爱奇艺的节目《如何拯救那个受伤的男人》，我似乎看到了自己。我爱上一个童年缺爱的男人。现如今，我们已经结婚并且有了孩子，但是这一路走过来真的有太多的不快乐，一路走过来都是我不断地鼓励和安慰他。

"他很倔，觉得所有凡是在他求助的时候不帮助他的亲戚都是很恶很无情的人，所有人都被他拉入黑名单了。我期望他可以自己行动起来改变现状，可他却是一副很跩的样子，也不利用时间好好学习，我真的好绝望，我们已经看对方很不顺眼了，可是我们还有一个孩子呢！"

阳光，你好！恕我直言，我看到的不是一个妻子，而是一个"小妈妈"，你看，你爱上他仿佛只是因为他"童年缺爱"，因为我从你的描述里没看到他有任何值得你爱的优点。

在一起之后，你又希望你的爱能感化他，让他变成一个好学上进的乖宝宝，可是他生性顽劣，就是不肯用"变好"来回报你的爱，于是你绝望了，觉得爱也不在了。对吗？

那首先，我先来帮你分析分析，你对丈夫的爱是从哪里来的——

有太多的女性在还没有做母亲的时候，就格外有"母性"，尤其对那些受过伤的男人，她们会格外钟情。在心理学看来，这不叫"爱情"，这叫"投射"。

这类女孩子大都在童年经历中也有过类似的"缺爱""缺乏关注"的经历，于是当一个有着同样伤痕的男人来到她的面前时，她就会像自己小时候期待照顾者对自己做的那样去无限度地包容和疼惜这个男人，从"缺爱的小女孩"变身为"拯救的小妈妈"，其实想要救赎和平复的是她自己。

可是人性往往复杂而不可捉摸，人际关系都是互动的结果。

当"小妈妈"无止境地呈现"天使面"，对方久而久之就会用他的"魔鬼面"来配合你，就跟一个纵容溺爱孩子的妈妈往往得到的是一个差劲的孩子一样，"小妈妈"和她的"缺爱的男孩"之间，一直是一方只"付出"和另一方只"索取"的关系，由于关系的失衡，会相互充满越来越多的抱怨。

所谓的又缺爱又有着致命吸引力的"渣男"，就是这样养成的，你把他心里顽劣的"小男孩"宠得没了样子——"渣男"对你的魔力其实是你心里那个一直缺爱的黑洞！你企图拯救"渣男"，不过是想证明自己值得被好好爱!

明白了自己是如何在婚姻中成为受苦的"小妈妈"的,问题就有了解决的可能。

首先,从"小妈妈"甚至"小姐姐"的位置上下来,尝试去做他的"妹妹"和"朋友"。"妹妹"会对他有依赖,会懂得示柔示弱而不是处处逞强,会让他觉得自己是个男人;而"朋友"会让他感受到"边界",懂得尊重你,该翻脸时不会客气!

最后一个心理秘密就是——从发现他的优点开始调整你们的关系。毕竟他是孩子的父亲,一个女人对孩子最好的教育,是让孩子学会爱别人、爱自己,以及学会尊重他的父亲!

祝你能把幸福找回来!

# 决定一段恋爱能走多久的，
# 原来是它

音符"月朗疏影"问我："青音姐，我和男朋友原先都在北京读研究生，现如今毕业一年，他说他在北京总觉得节奏快、心慌，他更喜欢过安逸的小日子，于是回了贵州，我留在了北京。

"异地恋一年，我们感情也挺好的。可是昨晚他给我下最后通牒，问我更爱北京还是更爱他，说他妈妈说如果我放弃在北京的工作跟他去贵州，他妈妈就把家里的三室一厅的房子给我们当婚房。

"我很犹豫，我在北京发展得很好呀，而且我喜欢这座城市，但是我同样也很爱我的男朋友，我该如何选择呢？"

要不要迁就男友"老婆孩了热炕头的梦想"跟他回到安逸的老家呢？青音姐姐可没资格替你的人生做选择，你的人生终究是你自己要负责的。疏影，你的问题，其实和爱情一点关系也没有！

在看到你的留言的时候，我正在上海，刚刚接受了一家女性杂志的访问，年纪很轻很漂亮的女记者问我："现如今有很多年轻人开始逃离北上广，你觉得他们这样的选择对吗？"

我的回答是："选择没有对错，要问自己的是，你是否甘愿为选择去承担。北上广不适合所有年轻人，正如同不是每个人都适合拥有爱情。"

如果你是个在精神层面需求很旺盛的人，比如，你非常享受北上广机会多多、既激烈竞争又能令自己飞速成长的氛围；你非常喜欢这里有那么多的演出、那么多的展览；这里的人们谈论的社会热点、文化事件、焦点人物等话题，你是那么感兴趣并乐意积极参与其中。

虽然这里不是家，但是在这里你总是能不断结识那么多新鲜有趣的人，你的心反而在这样的氛围里更有归属感，那么你是适合留在北上广的。那当然，这里的雾霾、高房价、紧张的生活节奏、拥堵的交通，就是你必须为了精神上的满足而要承受的身体上的代价。

但假如说，你没有这些精神需求，你要的就只是打打麻将、生个孩子、有套房子、过个小日子，你在北上广就是压力大、烦躁、不爱结交新朋友，而且看不到出路，那么你显然更适合回到家乡悠悠哉哉过完这一生。

以上两种不同的人生选择，看起来很平常，你甚至在犹豫不决的时候，会拿北京的种种不好来说服自己吧。但其实，这是比你们的爱情更大也更重要的话题，这叫"生命价值观"。

也就是说，人们认为自己的生命怎样度过才是更有价值的。你会发现两个"生命价值观"完全不同的人，在现实生活中总会生出非常多的摩擦来，怎么磨合都痛苦。

比如，你认为攒钱去看世界是有价值的，Ta 也会跟你去旅行，但是旅途中，显然是买名牌包包和拍照发朋友圈比这一路的风景和人文风貌更让 Ta 兴奋。

你认为买昂贵的门票去看场演出是非常有价值的，Ta 会觉得好浪费，电视上、网络上这些不是也都有吗？

"生命价值观"完全不同的两个人，不存在互补，而是玩不到一块的矛盾。在关系中，这种矛盾才是真正没办法做调和的，你们如同两种属性完全不同的植物，没办法生长在同样的土壤里。

要维系关系，需要有一方完全泯灭掉自我意志去配合另一方，你能配合多久呢？其实，在心理学看来，是精神需求的匹配度才决定了一段恋爱能否走进婚姻，以及能走多久。

因为是人的兴趣在导致行为的发生和改变，而兴趣是由精神需要决定的，你的"兴趣"在对方那里总是毫无价值，那么在激情消退之后，你们又会有多少幸福感可言呢？

选择都没错，错的是为了"成全"而违背自己的心。我的建议是，你需要安静下来，先去努力跟男友沟通，尝试发现两个人"生命价值观"里的差异以及你们彼此的接受度，先别急着用爱情决定你的一生。

不过，在人的一生里总会面临各种选择，这些选择或者会让你成长为自己所期待的样子，或者会让你在一次次妥协和所谓的成全中离自己越来越远。

## 在爱情面前认怂，
## 却是你最动人的姿态

音符"酷迪"问我："青音姐，半年前，我爱上了一个合作公司的男孩，每次跟他开会，我都心神不定。大概他也看出了我的心思，于是上个月几次主动说要约我。可是昨天，他说我们不合适，理由是我太不主动，在相处的这一个月里，我从来不会主动跟他联系，像个冰美人。

"其实我心里是真的喜欢他的，我也不是刻意要保持矜持，我只是觉得一开始不想进展太快了。所以现在我要怎么办呢？"

看来，你想做那个在恋爱中掌控节奏的人。看似是他在主动，但其实，在心理学看来，越主动反而越被动，关系中往往是被动的人在控制局面。那么时间久了，他会觉得你不够真诚。

爱情，至少是在最初的阶段，需要那么一点点没头没脑不管不顾的劲。总是深思熟虑、审时度势、计较得失，对方原本热腾腾的心会在你的刻意掌控中慢慢冷却。

想要控制，往往是没有安全感，不敢跟随感情的波涛汹涌，而是主动设了阀门，限了流量，催眠自己说"我就是个对待感情理性的人呀"，其实是你比对方更在乎。

你看似冰冷不好靠近，其实是害怕太快投入激情之后被拒绝，害怕将全部的期待交出去之后会落空，害怕覆水难收之后对爱情的绝望。

你动了真心了，所以你才这么刻意地保持距离、控制着节奏、压抑着自己的感情，但其实你心里每天都在经历着左也不是右也不是的煎熬呢，我说的是你吗？

可是姑娘，害怕被拒绝的人，是不可能品尝到真正的爱情的。

我的一位朋友曾经说过这样一句话："爱情就该是见血见肉的！"这句狠叨叨的话有着强烈的心理学意义！

假如每个人原本就是一个圆，那么爱情的作用，就是来敲碎我们固有的自我、打破我们原有的边界的。因为有了爱情，两个圆才得以融合在一起，你有了我、我有了你，爱情才成就了"我们"。

这个过程一定会挺疼痛的。在"我们"中，你当然依然有你自己的天地，我也依然有我自己空间。但是爱情，就是为了那一部分的融合而来。

亲爱的，假如你不肯打开，要我如何进去？这过程一定会有疼痛，可是这才是爱啊，如果不这样，那么我们的爱情又该怎么发生呢？

所以，假如我是你，我会对自己老实一点。我会把我对对方的思念、依恋和不想要失去的诚意，原原本本地告诉对方。而且最好是当面，哭了也好，屄了也罢，别怕丢脸，更不要怕他还是会说"不要"。

结果，不是你能控制的，因此你不再需要为它惆怅。你只需要对自己保持诚实，也在爱情面前保持诚实。我相信在爱情中，这才是真正的勇敢，也是一个人陷入爱情之后最动人的样子——我爱你，我只想让你知道我爱你，没有目的，跟结果无关！

# 跟一个"80后"
## 说一个成人话题

　　音符"Sweet"在我们的"音符社区"里问我："青音姐，有时我在想是不是自己的问题，有几个心仪的人，可刚见面就要同居，就想发生关系，也都是高学历啊，我在想这社会怎么了？我是这个社会的异类，不同居就找不到男朋友了？

　　"上海有太多的人忙得跟狗似的，我们忍受着孤单和老家人的鄙视，天天漂泊着。我找对象其实没要求，只要不是上来就索取的，是尊重彼此的生活和想法的，看对眼的，这样才会有爱情。爱情可能就像青音姐说的，是稀有品吧，像我这样的'80后'，在北上广也许会一直孤单下去了……"

　　我大概不记得我什么时候说过爱情是稀有品了，但我的确说过："爱情不是每个人都值得拥有，对于那些过分懦弱的、自私的、自我封闭的和不够走运的人，是一生都没机会体会爱情的，爱情不属于每个人！"

我曾经想，假如到了生命的最后时刻，我们去回想这一生最大的遗憾是什么，我想很多人会后悔两件事：一、没有享受过；二、没有爱过。日复一日的寻常日子里，"没有爱情"的人是真正的可怜人，心底没有热爱的生活是行尸走肉般的生活……爱好和爱情才应该是生活中的必需品。

但是正像你所说的，现在的人们仿佛发生关系容易，找到爱情却变难了，那是因为社交网络的繁盛，其实是让我们变得越来越孤独，也越来越不会建立关系了。

Sweet，以下我们来说说成年人之间的话题吧。

首先，我想你是不是能帮自己纠正一个误区，就是那些急于跟你发生性关系的人，也未必就是来向你索取的，因为你不是"物"，你不是一个礼盒让人"拆封"的，性关系中不存在"给"，只有"彼此需要"。

我想，作为成年的男女，那些猴急的人也只不过是想试探一下你们是不是在身体上对彼此"有需要"。老实说，对对方没有身体上的需要，他的气息、他的味道、他的动作姿态，你都会抗拒，很难打开自己，那恋爱也确实是走不下去的，婚姻更会是彻头彻尾的错误。

我明白，你是个"必须要先有精神上的投合，才能发生身体上的融合"的好姑娘，你不想发展太快，但并不代表他们就是错的，是坏男人。

你知道吗？爱情这事是没有一定之规的，有些爱情是先有了精神上的接触和交流，而有些爱情则刚好相反，是先有了身体接触，进而才发现在心里已经离不开彼此了。

在心理学看来，所有的爱情其实都源于对对方不被察觉的彼此的性的需要，两个相互中意的人那眼波流转间荡漾的情愫，其实都是在试探对方，到底是不是自己能接纳的和能完全接纳自己的那个人。

当然，美妙的爱情体验会先把这些激情转化成精神上的交流，让身体需要延迟满足，而心理学还有一个道理叫"延迟的满足更满足"，所以，那些"先精神之爱，再肉体之爱"的爱情才更加地美好和让人感动。

那些急于发生性关系的，好像总少了点什么，但其实，也并不是错，也没有哪一种更高级，只是看你是不是能接受。不能接受对方，那当然是要立刻打住并且抽离关系的，无论如何，尊重自己的感受是对的！

性不一定等于有爱，但是相爱本身，一定是包含了"性"的。性不是肮脏不是下流，更不存在谁占了谁的便宜，它是一个人与人之间建立最深切连接的方式，它是"我接纳你，我需要你"的宣言。

因此，那些动不动就一夜情、性态度看上去开放又随便的人，其实是极度孤独的人，Ta需要通过一次又一次的性关系，让自己体会到片刻的被需要和被接纳，但这样只会越来越空虚。

所以，Sweet，我也不知道你什么时候才会遇到爱情，但是我能给你的建议是，试着跟你的大上海、你的朋友、圈子、你的工作、你的爱好之间建立更深一点的"关系"，你要融入它们，去爱上它们，而不只是在上海工作赚钱和……找个人嫁掉。

当你的生活内容丰富起来，你的内心自然也会慢慢打开，你不会再觉得上海是别人的上海时，你的由内而外的绽放一定会更加吸引人，你也一定会找到爱情的！

# 你不是西瓜，
# 没人保证你自带"另一半"

音符"夜之子"在微社区里发出感慨："听了很多青音姐的节目、录音等，也知道了要让自己有爱、有趣，也开始喜欢跑步、运动，喜欢摄影，也去学习尤克里里……每一次坚持，一段时间过后总会有新的收获。只为做更好的自己，为了遇见更好的她，可是对于爱情，我到底是该静候等待，还是主动去争取呢？"

我在大一的时候看到一句话，说："人生中的大部分状态，其实都是忍耐和等待，而一个人智慧的高下，就是你能把忍耐和等待的日子过成什么样子。"敏感如我，一下子记住了这句话。

我每天都会上我们的"音符社区"里逛逛，看看大家都在讨论什么、烦恼什么。我发现，几乎每天都会有人在那里发愁："为什么我的另一半还不出现呢？"

聪明的，我问你，假如你不是像西瓜一样，一出生就自带另一半，如果你没有另一半，那么你的每一天是否还值得你美美地努力下去？我能想得到你的答案，一定会说："当然啦，我要好好过下去！"今天我想跟你说说这个答案以外的事。

"另一半"的说法或许是一个陷阱，好似我们生来并不完整，我们终其一生需要被人关照被人爱，其实生命的真相并非如此。否则，心理学这门科学就不需要存在了。

心理学最大的功能是帮助我们搞定自己，即便搞定关系，也是为了让自己在关系中成长。是因为你甘愿地改变自己，进而让关系改善了，但并不是为了维系关系而逼自己做出改变。

按照心理学的道理，每段关系都是一面镜子，因此，并没有真正的"另一半"。每段关系，你生命里出现的每个"Ta"都是你生命的一部分，他们对你都有着非凡的意义，他们都是让你来看清楚你自己的！

所以，有智慧的人，无论是被放弃过、被伤害过、被背叛过，还是被离开过，在愤怒怨恨之后都会生出感恩来。并且从这段曾经挫败的关系中看清自己的缺口，学到点什么，也只有做到了这一步，你失恋的心情才能真正得以平复。

那么，那个"Ta"暂时还没出现的心情要如何平复呢？就是——不带任何目的地去热爱！

如果你跑步，是为了路途中遇到漂亮的妹子，那么你会注意你跑步的姿势、你穿什么运动服、你跑起来发型是否有被风吹乱，我不认为这样的跑步会有太多乐趣。

如果你参加社群活动，你的注意力都在同伴里到底有没有帅哥对你惊鸿一瞥，而不是活动本身，我也不会认为这个活动对你有意义。

在工作中、在学习中、在旅行中、在一切的社会交往活动中，你遇到了一个人，Ta喜欢你，如果再幸运点，你也刚好喜欢Ta，这其实是"偏得"的，是除了社交活动之外额外的礼物，是老天给你的双重惊喜。但如果你为了等这个额外的礼物，连社交本身都不能投入其中，那么你岂不是损失翻倍？

告诉你一个小秘密：认真投入的人，才最有魅力！男人女人都一样！

爱情到底是等来的，还是主动追求来的？其实都不是，是遇上的。所以前提是，你得出发啊，而且在路途中，卖力、挺拔、身形矫健也乐在其中！

要记得你的每一次出发都不是为了"Ta"，而是为了你自己的生命完整而丰盛！祝福每一个还没有另一半的你，学会做你自己的朋友！

# 为什么遇到"渣男"的
# 总是我？

　　音符"宇宙无敌"在我们的"音符社区"里问我："青音姐，我已经交了两个男朋友，欺骗、劈腿、借钱玩失踪这样的我都经历过，感觉现在自身性格都有些扭曲，不知所措。为什么我总是遇到渣男？是我自己的问题吗？"

　　前些天我跟朋友聊天，聊到我们小时候都看什么书，最后总结，我们小时候看得最多的大都是爱的童话。

　　比如灰姑娘如何在灰扑扑的生活中不放弃自己，最终等到了她的王子；海的女儿如何为了成全心上人，不惜忍受撕心裂肺的疼而化成了泡沫；还有琼瑶小说里那些苦苦地爱了很多年，却不愿意打扰对方的忍耐和等待；有三毛和荷西大漠残阳中彼此日复一日的疼惜；也有小龙女和杨过二十多年的忠贞守望……

这些故事的结局有些是"圆满"，有些是"遗憾"，但是都有一个共同点，就是在过程中，有过最纯真的东西。那份纯真不是以最终的结果是"得到了"还是"失去了"来衡量的——啥也不图，就图你好好的。这份纯真，构成了我们从小对爱的信念的底色！

或许拿到现在的社会中去检验，就是"傻"了吧。你看你啥也不图，那你图啥呢？比如你，你信任过对方，结果他竟然骗了你的钱，还骗了你的心。那么，有这碗酒垫底，再往后的人，是否还值得你付出感情和信任？你如果最终什么也没得到，你是否还应该对人交付真心？

有部电影，我建议你去看，就是被大多数人吐槽的《不二情书》，里面汤唯饰演的女主角大概比你要惨一百倍了吧。懦弱得被大学同学欺负，很冤枉地背了一百万的债，被一个中年款爷当成卖身的妓女一样轻贱，好不容易爱上一个志趣相投的人，对方竟然是个隐瞒了已婚身份的猥琐男人……

可是，她依然在给远方的那个人的信里，写满了最纯真的期待，并最终因为相信，而遇到了刚刚好的并且值得爱的人！

尤其帅气的是剧中的一个桥段，当那个中年款爷最终发现她不是为钱卖身的女孩子后非常地后悔，想要再重归于好的时候，她的那句骄傲的回答："我从小不喜欢考试，就是因为讨厌被人考来考去！"之后毫不留恋地离开！

真的是比《欢乐颂》里为了一盒进口巧克力贪心得口水直流的姑娘们要高贵多了！

有很多事，其实不归心理医生管。比如：你总是被骗财骗色又不会保护自己，这个部分警察叔叔可以帮你，留下证据，该报警就报警。前提是，你留证据了吗？别忘了你是成年人，不懂保护自己，你能怪谁呢？

再比如，你对爱情这件事其实是没有信念的，你的衡量标准就只是"我是否得到"。没得到，对方移情别恋了，那对方就是渣男、是骗子、是流氓！于是你开始迁怒和惶恐接下来你会遇到的男人。

你心里美好的信念会因为任何一个不靠谱的人很轻易就坍塌了，你变得不再相信人也不再相信自己。姑娘，心理咨询师不可能发给你一个靠谱的、老实的、永不变心、永不离开你的暖男，谁能帮你呢！

以下的小小建议，只是我自己的道理，希望对你有些用。

一、把"渣"这个字从你的字典里抹去。其实没有哪个人到你这里来是纯粹为了做"渣滓"，假如被你惯成了可以为所欲为的"渣"，那也是你的问题！

二、把衡量标准从"得到"变成"学到"。每一个进入你生活里的人，其实都是来教会你什么的，而且教给你的一定是让你成为更好的自己的智慧，你自己没学到、没成长、没悟性，那你才真是枉费了青春！

三、学会对关系设置边界。你们一开始是什么关系，后来又是什么关系？什么关系的阶段应该对应怎样的交往界限？关系到什么地步才可以完全毫无保留完全不设防？这些智慧，不仅仅是对待爱情，更应该适用于你所有的人际交往。

　　做个有原则的人，才会得到更多的尊重！

　　最后，我告诉你一个小秘密——这世上的内心强大而且美好的姑娘，是从来不会被所谓的"渣男"打败的，你要加油噢！

# 说给想抓住男人心的好姑娘

音符"忧郁的香草香"问我："青音姐，上周末跟男朋友又在电话里一通争吵，之后他说分手，说自己累了，语气很坚决。他说他早已受不了我总是问他爱不爱我，然后用各种方法去验证他是爱我的，他说我老折磨他，我爱的根本不是他而是我自己……我哭了整整一星期，我怎么不爱他呢，一年多的感情，我从一开始就是冲着结婚、冲着在一起去的，该如何挽回他的心呢？"

香草姑娘，我感觉你跟你男友说的是两件事，他要的才是爱情，是那种深深信赖彼此支撑的爱情，而你要的是安全感，好的爱情里一定有安全感，但是安全感不等于爱情。

在我看来，只跟人家要安全感的人，其实是自私的。所以，我也常常在节目里说"只以结婚为目的的恋爱是蛮横的，不仅仅以结婚为目的的恋爱，才有对爱情最基本的尊重"。

看样子，他说的是你不懂的，也是无法理解的事。假如你们一年多的相处一直都是这样，貌似在一起，但其实两颗心是两条平行线，那么我也不认为你还能够挽回什么了。

你知道吗姑娘，爱情其实就是信任本身，但是有好多貌似的"爱情"，从一开始就没有。

比如，心里想的是"男人没一个好东西"，然后逼着对方反复上演多看了别人一眼就要闹别扭吵架道歉的桥段，既然你认为男人都是下半身动物，干吗不坦然接受对方也会对别人产生兴趣呢？

比如，心里笃信"所有的女人都是物质的"，然后蔑视一切时尚的新潮的事物、嘲笑女人都是买买买，既然你认为女人都爱钱，你又凭什么要求人家爱上一个既小气又并不怎么努力赚钱的你呢？

在两性世界里，这种自相矛盾的扭曲心态，都是源于不信任，不信任对方的为人和三观。

当然不信任的前提是——不自信，也就是说，不相信自己值得被人好好地爱，总要没完没了地折腾和折磨。爱情里当然是有痛苦的，痛苦应该来自刻骨铭心的思念和暂时还不能在一起的惆怅，但是不应该是因为不信任导致的彼此折磨。你爱他，你怎么舍得反复折磨他呢？

这种由于极度没有安全感、不自信，所以对恋人的反复折磨，真的是恋爱导致的吗？心理学告诉我们，这是你的父母给你的"债"，你从小没能从父母那里感受到安全的、无条件的接纳，你从小到大总得表现得像个"好孩子""乖宝宝"，他们才会爱你。

父母总告诉你"你不如邻居家的谁谁谁"，对你的缺点无限放大、优点视而不见，还告诉你这叫"谦虚使人进步"，甚至长大了你还没能结婚都会让他们好没面子。

于是你在恋人那里，要么通过过度地付出、无底线无原则地迁就和满足对方去塑造一个并不真实的你，要么就各种摆烂，一次次验证你有多无理取闹他都不会离开你。亲爱的，这都是孩子似的"讨"和"要"，这不是爱！

爱情是一面镜子，它能照出我们心里父母和过往岁月的挫败留下的"空洞"，足够走运的人能够遇到生命中的温柔"天使"，愿意陪着你去修复去呵护，不离不弃不眠不休。

但是大多数人在遇到真爱之前，都得努力先靠自己的力量去让自己完整。姑娘，我希望你找到你的能量，它可能是一个爱好、一个梦想、一项事业，或者是一票好朋友，它们会让你明白，生命里不是只有爱情只有男人才值得追求、值得雀跃、值得落泪的。

"只有积极进步的灵魂，才值得爱情停留。我爱的人，必将自信无畏，必将勇往直前。最好的爱情，是占有而后的战友，是最亲密的分享，是最笃定的信赖。两人都有足够的能量，携手抵御无常的人生。"这是今天清晨我留在朋友圈的 段话，我把这句话送给你。先挽回 个有自信的你自己吧，好姑娘，要加油！

只有心灵长期被束缚被压制，感觉到很不自由，
人们才会渴望随心所欲，因此真正的自由其实是没有恐惧和担忧，
因为不怕失去，所以敢于承诺也敢于承担，
也敢于被规则限制，这才是真自由！

Chapter

4

你要敢于

付出爱并接受爱

## 致疯狂追求者……

有件让我很不安和不开心的事，今天我想说出来，谢谢你的聆听。

最近几天，我一直生活在恐惧和焦虑中，有一位姓林的先生每天早晨会到我公司，先是送花，之后就开始纠缠，说是要追求我。每天公司员工和同事各种规劝，可是他依然非常固执。

林先生，假如您看得到，有些心里话我想说给您听。

您知道吗？大概在两年前，我曾经由于一位疯狂要约见我的听众，将我的广播节目停了整整两个月，并且报了警。当时那位粉丝的行为非常出格和离谱，那种恐惧现在还在我的心里。

所以很抱歉，也可能您不会那么出格，但是我会由于之前的心理阴影而感到害怕，而且，我的家人和爱人每天也都在为我担心。

您知道吗？我当然理解您非常喜欢"青音"，我和我的团队替"青音"

谢谢您。我也喜欢她，这么多年来，原本生活中普通的、毫无特点的我，由于这样一个职业符号，我得以不断地提升、不断地成长，是"青音"让青音成长为更好的自己的，所以跟您一样，我也很爱她，而且我珍惜她！

珍惜"青音"，首先要做的事，就是把生活中的"青音"和工作中的"青音"分开。您听了我多年节目，您一定经常听到我说这句话——"我是青音，但'青音'不是我！"这不是谦虚也不是刻意，在我看来，这是一种清醒吧。

公众形象"青音"她必定有我自己的影子，那是我被媒体放大了和夸张了的某一面，那一面很有魅力，但那是虚幻的，那里面掺杂着太多大家的联想，那并不是真实的我，当然也不是全部的我！

您知道生活中的我，也是个放在人堆里就找不到的七十分女孩吗？

您知道我也一样会缺心眼、臭脾气，有时候自私、不讲道理跟人发飙吵架吗？

您知道我也经历过不知道多少个长夜痛哭，恨不得把全世界撕碎的夜晚吗？

您知道我也会有完全束手无策的现实需要去面对和妥协吗？

是的，生活中的我和您并无高下，也没有太多分别，大多数的人都跟我们一样，恨透了生活给我们手里的那几张烂牌，但是依然相信这个世界会好起来，我们自己会好起来！

我和我的"音符"们，我们都是同一类人，我们没有因为自己遭受不公平，就跟着这世界的暗面泥沙俱下。我们坚持美好，所以我们特立独行，我们眼里有他人，心里有爱，我们活成了更好的自己！

既然您听了我这么多年的节目和微信公众号的语音，那么我想接下来的分享您一定愿意听，那就是关于——什么是"爱"。这么多年，我都在跟大家一起、跟众多的心理学的专家学者一起，我们学习爱。

　　"爱"并不是一个虚无缥缈的存在，有很多的心理活动都关于爱，比如——将对方的感受放在最重要的位置，而不是因为自己的主张和欲念，就不管不顾，甚至伤害她，爱就是要"有所为"和"有所不为"的。

　　您的行为，让我感受到恐惧和紧张了，也让我的家人爱人担心了，所以，如果您真的喜欢青音，我希望您能够停下来，回到您自己的生活里！好吗？

　　以上的心里话，希望您听得到，谢谢您，祝福您！愿您多保重！

# 你知道吗？
## 你的爱情是你的童年决定的

音符"无心听雨"问我："青音姐，我上一段恋情谈了快十年，其实到最后是我想分开的，可即便如此，现在已经过去两年了，我还是很难接受别人，找一个自己不够爱的人，我不甘心，可是如果是自己很爱的人，我又会很害怕。回想上一段恋情里爱的种种，那种痛苦我不想再经历了……这世上有没有不痛苦的爱情呢？"

无心听雨，你好，我有一个好消息和一个坏消息要告诉你，你想先听哪个？

坏消息是：这世上没有不痛苦的爱情，因为爱上一个人就是从甘愿为 Ta 受苦、为 Ta 心疼开始的，这也是"爱"和"喜欢"的区别……

而好消息是：人越成长，恋爱中所受的痛苦就会越少，因为你学会了用成年人的方式去爱人，而且，你已经学会了先爱好自己。

"孩童式的爱情"会很痛苦，但是我们每个人都得从这里经过。

　　年轻的我们一旦陷入爱情里，就开始变得不自信也不信任、没有安全感、强烈的占有欲、控制欲、害怕未知和失去、极度依赖、自私、小心眼，我们对心爱的人飙狠话，我们在人前是那样地温文尔雅，而面对心爱的人，我们越爱就越像个暴君……

　　我们人性中最黑暗的那一面，在爱情中会赤裸裸地暴露在爱人面前。

　　假如爱人是强大的、成熟的，而且足够爱我们，Ta会完全接纳我们的黑暗面，陪着我们穿越人性的深渊，我们在有着强烈安全感和亲密感的爱情中，会发现一个更好的自己。

　　但不巧的是，大多数我们爱的人都跟我们一样，在爱情里，我们势均力敌、水平相当，Ta也不过是个孩子。双方在缺乏安全感和信任的关系中，都不懂得成长和修复，而是一再地彼此伤害。

　　爱情到了这个地步，在当初的激情散尽之后，而自己又没能成长起来时，爱情也就走到了尽头……

　　可这一切真的不是爱情的错，也不是对方的错，是自己孩童时代的心理上的"缺口"没能被自己治愈和修复。

　　首先，当我们爱上一个人，我们必然会在对方那里呈现出孩子的一面，我们任性、撒娇、耍赖……记得我曾经在著名的苍井空的微博上看到过这么一句话："当一个男人没有在他爱的女人面前有孩子气的一面，他就从来没爱上过这个女人。"这话非常有道理，但女人又何尝不是如此呢？

不过，爱情真的不能只停留在"找爸爸""找妈妈"的小孩子"过家家"的状态里，爱情是带着"让我们成长"的目的而来的，没能在一段哪怕是失败的爱情里有所成长，这才是真正的遗憾。

从"孩童式的爱情"到"成年人的爱情"，这个距离其实是一条很长的心路，而有些人，无论如何都跨不过去。

而要跨过去的话，第一步，是看到自己心里的"缺口"。这个缺口是我们的养育者在不经意间留在我们幼年时的心灵里的，有可能是指责、挑剔、过分严厉的管教，有可能是冷淡、忽略，也有可能是养育者极度的控制欲和他们自己的焦虑，包括他们的负能量、消极的人生态度、坏脾气。

而这一切，都会在我们成年以后进入恋爱时，成为我们向心爱的人讨的"债"。

第二步，这些心理上的"缺口"，只有两个办法修复：一、我们通过"爱自己"来修复；二、我们足够幸运的话，可以在一个有着爱的能力的伴侣的陪伴下，在关系中修复。但所有这一切，都离不开你自己的努力。

所以，无论如何，希望你能从过去的那一段十年的恋情中，看清楚你自己以及是否有学习到什么……而你更要相信的是，随着你的长大，在下一段恋情中，你一定会享受到更多的美好和幸福，要对自己有信心，加油！

祝你还能勇敢去爱，就像从未受过伤害那样！

敞开你的柔软，让爱情和春风都进来！

# 你要敢于付出爱
# 并接受爱

音符"鱼刺"问我:"青音姐,我二十七岁了,有过几个性伙伴,但是没有过稳定的爱情,最近临近年底,父母又开始催婚。我说:'我还没找女朋友。'我妈就说:'那我看你总是给好几个女孩子聊微信,你就不能从里面挑一个?'

"老实说,我真的不想稳定下来,爱情太累了,我觉得现代社会,有需要就满足就挺好的,大家都不麻烦。可是该怎么跟父母解释我的价值观呢?"

你好,鱼刺,谢谢你跟我坦白你的心事。你的留言跟你的风格也比较一致——无遮无拦,想要就去满足。

马斯洛的著名的人类心理需求层次理论告诉我们,对稳定的爱的渴望，是我们人类最基本的心理需要，而你正相反，你只想要性，不想要爱，这不是价值观，而是你的心理在什么地方打了结了。

你让我想到我前些天看过的一部电影《驴得水》中的女主角，也是全剧中最让人心疼的一位女子，一曼。

一曼是一个挺欢实的女人，她的欢实表现在她的个性，心里不装事，整天乐呵呵的，一笑而过；更表现在她对性欲无遮无拦的追求和满足，讲荤段子，开男人下半身的玩笑，对男人动手动脚，动不动就想"睡服"男人。

但是你不会讨厌她，更不会觉得她脏，反而会觉得一开始追求她后来侮辱她的，道貌岸然的裴魁山，挺龌龊的。

一曼虽然欢实，却并不皮实。在最后当所有人都合理化了自己的贪婪、懦弱和自私的时候，她自己却崩溃了，用子弹结束了自己的生命。

所以，她的欢实只是表面而已，其实她心里对爱早就有着深深的绝望。对向她求爱的裴魁山，她不是不感兴趣。假如不感兴趣，她一开始就不会一直挑逗他，但是当裴魁山说出了"我喜欢你"的时候，她就怕了。

她敢把身体交出去却不敢把心交托出去，她怕被爱辜负，所以她只要"睡服"。


一个女人，只要心还在渴望着爱，她便会显得纯真。一曼很真，却不纯，不是身体，是她的心，她的心里住着一位对爱绝望的饱经沧桑的老女人，她心里的小女孩早就被吓坏了……所以，最后当这几位她原本信赖的人在利益面前露出人性的狰狞一面时，她的内心再次遭遇重创。

故事的结局是人家几位都好好的，只有她的心理彻底被摧毁了，不是因为只有她的头发被剃掉了，而是因为她这个被吓坏的小女孩最恐惧也最赢弱，所以才在最初表现得最大大咧咧什么都无所谓……但是她最爱唱的那首《我要你》，却完全暴露了她埋在心底的秘密。

一曼在拒绝裴魁山的求爱时，说自己只不过是想活得自在一点，想要更多自由，可是随心所欲无遮无拦的就叫自由吗？

爱尔兰剧作家萧伯纳曾经说过："自由意味着责任，正因为如此，多数人都惧怕自由！"只有心灵长期被束缚被压制，感觉到很不自由，人们才会渴望随心所欲，因此真正的自由其实是没有恐惧和担忧，因为不怕失去，所以敢于承诺也敢于承担，也敢于被规则限制，这才是真自由！

所有真正的自由都是戴着镣铐的舞蹈。


鱼刺，自由的灵魂是敢于付出爱并接受爱的，而不会是不敢爱，不敢要稳定的关系，而只想要性欲的满足。

你所谓的不想麻烦、不想心累，其实只是不想去体验假如真的爱上一个人时，那种牵肠挂肚和患得患失的煎熬罢了。你不想让自己陷在真感情里，这不是真的无所谓，相反，是太在乎，太害怕会失去。

在心理学上，只要明白了原因，问题就解决了一大半。所以，这篇文章只是帮助你更加了解自己，而不是要评判你的对与错。没人有资格评判你生活方式的对错，我也没有！

只想睡服，不想恋爱，只要性关系不要更深层的亲密，这是个问题吗？

假如你为此而深感困扰想要改变，却找不到出路，那么这就是个问题。解决的途径是去做长程的精神分析流派的心理咨询，或者是有幸遇到你生命中的天使，结识一段让你从此免于恐惧的真爱。

假如你不觉得困扰，而且打算把这种维系关系的方式坚持下去，那么只要你不伤害到他人，你依然可以待在你觉得安全的模式里，直到你自己真的想去改变。

这世上有太多的人并不适合婚姻，也有些人终其一生无法建立亲密的情感关系，这样的人注定了从一个渡口漂泊到下一个渡口，从一个人流浪到下一个人。无所谓对错，只是心没有家，会离幸福比较远而已，祝你好运气。

# 有桩美事，
# 叫"虚度时光"

在"音符社区"里"多多"问我："青音姐，一个人的生活和两个人的生活有什么不一样呢？我常常一个人的时候很不开心，你不是常说过不好一个人的生活就过不好两个人的生活吗？"

其实，当一个人总是惴惴不安于"怎么办，我的日子没过好"的焦虑中的时候，再好的时光也都给浪费掉了。这就跟一只永远追着幸福的小狗一样，其实幸福就在它的尾巴上。生活的智慧之一，就是活在当下。

对于没有能力快乐的人，两个人在一起只会更不快乐，因为他跟别人在一起的动机就是希望别人能给他带来幸福快乐，他对对方原本是寄予厚望的。结果发现，对方并不能满足自己，于是觉得自己好亏，所以更不快乐。

一个人的好日子跟两个人的好日子有个共同点，就是都有着发自心底的喜悦和踏实的感觉，这种踏实不是向外求的，完全来自他们自己。一个人静静地独处就已经自在，两个人淡淡地待着就已是幸福，这种丰盈满足安和宁静的状态，很多时候并不是你得到了什么，而是你再也不害怕失去。

比如，你能忍受时光从额头爬过，而不焦虑"怎么办，又一天过去了，我没有啥进步呢"，或者担心自己就这么老了怎么办？你能时刻调节自己，常常按下生命的暂停键，而不担心在你停的时候，有太多人已经超过了你了。你将日子牢牢掌控在自己这里，而不是跟别人去争和比，这样的心态，才叫真正的从容。

年龄越大，经历的事情越多，我越对"进取心"三个字有怀疑。"进"有多少是跟他人的攀比，有多少是自己真的热爱？这个"取"有多少是为了跟人争，而又有多少是自己对这个世界真正的好奇？我喜欢真正的热爱和真正的好奇，我越来越远离那些有"进取心"的人，而更愿意跟好玩的、有趣的，或者是胸无大志却平和宽厚的人在一起，我想他们才是真正地在过日子，而不是日子在过他们。

所以，假如你想拥有发自内心的喜悦，你需要学会跟时光和解，不再逼着自己为了他人的目光拼命往前奔跑，而是偶尔热烈，偶尔虚度，偶尔好奇——有些时光本来就是用来虚度的，唯愿这些时光，你是跟所爱在一起。生命里有桩美事，叫"虚度时光"。

# 每一颗封闭的心
# 都曾对这世界天真地开放

最近迷上了一部动画片，我想我一定会再去看一次，它叫《疯狂动物城》。这部片子既柔软又残酷，每个人都能在里面的小动物身上找到自己曾经的傻天真和这个世界曾经给过自己的伤害，可是，那又怎么样？没有以牙还牙以暴制暴，没有因为恨而变丑，最后依然是爱战胜了一切的恐惧和偏见！

这是一部给成年人看的格局很大的动画片，我想这就是我们的国产动画这么多年来依然无法企及迪士尼动画的高度的真正原因——不是我们的技术达不到，而是我们对生命的领悟以及对受众价值观的正面引导做得远远不够，任何伟大的作品，最终还是赢在价值观！我想你能明白我在说什么。

片子里有一个画面我印象很深，当那个天真而充满正义感的狐狸尼克小的时候，它满心欢喜地怀揣着对这个世界的相信，不断地在镜子前面摆弄它的小警察帽子，开心得不得了。结果没想到它一下楼迎接它的不是同伴们的接纳，而是因偏见遭受的欺凌，美丽新世界从此在眼前崩塌，他开始选择去做一个小混混儿……

　　这样难堪的画面其实你我都不陌生，我们曾经相信朋友，那个朋友却把我们告诉他的秘密到处说让我们遭人耻笑；我们曾经相信爱情，但到头来发现自己不过是对方用来满足自私的工具，他只是想自我满足，并不是想要呵护；我们曾相信老实做人认真做事、相信善的力量，到头来发现，认真耿直不招人待见、老实被当作傻、善良等于好欺负，而这社会好像并不鼓励踏实诚恳，那些溜奸耍滑的似乎跑得更快……

　　于是，在现实的残酷面前，有些人疯了、有些人提前老了，而有些人为自己穿上厚厚的铠甲，用硬邦邦的外壳示人，情感情绪都不轻易表露，用满不在乎和不屑一顾作为心理防御，当然有些人开始变得攻击自己，攻击自己就是抑郁症的开始。

　　看电影的时候我在想，假如我们每个人的心里都有一只小兔子朱迪该多好，因为相信美好，所以一往无前！但是因为我们是人类，所以我们应该比动物更多了一个心理功能，就是要学会善待自己。

# 敢离婚的背后……

音符"忧伤淡蓝色"给我留言说:"青音姐,我和丈夫结婚五年,他从来没有停止过对我家庭暴力,可是我每每想到孩子,还是不忍心走离婚这一步。我是个小学教师,白天教学生做独立自强的人,晚上却只能默默流泪,你说……我是不是太没出息了?"

亲爱的你,看到你的留言我特别想隔空抱抱你,别这么说自己,这样等于是你在和丈夫一起欺负自己。离婚是个结果,但更是一个过程,对有些人来说,这个过程比较短,因为 Ta 原本就是个手起刀落的人,而且在生活中不只是婚姻,在其他的方面 Ta 也会更知道关注自己的感受。

但对有些人来说,就是会踌躇徘徊很多年,Ta 一边恨自己,一边还是下不了离婚的决心,表面上 Ta 会用"孩子""财产""房子""这么多的亲戚朋友没办法交代"来给自己找借口,觉得离婚太麻烦。

可是更深层次的心理因素，其实是缺乏安全感，对未知和不确定的事物感到恐惧，以及有着相当严重的"分离焦虑"，因此对"分离"本身无法承受。所以离婚对于 Ta 自己，其实是个战胜自己的过程。

当然，还有一些人，由于太过于恐惧分离和未知，恐惧的感觉甚至大过了现实的婚姻让自己遭受的痛苦本身，Ta 就会几乎完全丧失掉理性，选择逃避、选择忍下来，得过且过……

所以我常常说——结婚和离婚，其实都是一种能力，但并非人人都具备。

记得前几天，关于农村诗人余秀华离婚的新闻炒得很热，她因旅美学者沈睿写的一篇《余秀华：穿过大半个中国去睡你》一炮而红，可这一次，却是因为离婚。

离婚发生在别人的身上都很普通，但是对于她这样一个人到中年、生活在农村、先天性脑瘫的残疾人来说，离婚就显得格外非同寻常，因为人们惊讶地发现——连这样一个几乎是完全失去了对自己人生掌控力的人都可以勇敢选择自己的人生，这个时代真的进步了！

"在婚姻里，我和他都是暴君，都残忍，他给我的好处远远没有一朵花给我的感受多！"余秀华这样总结自己的婚姻，听上去一段糟糕的婚姻到了最后几乎成了人间酷刑——那么"忧伤淡蓝色"，你的感受呢？你是否能够对自己再诚实一点？

我不想告诉你什么"女人要自尊自爱"这一类正确的废话，因为这些只能挫败你，而一个整天被丈夫折磨又被自己挫败的人，怎么有能量做出人生正确的选择呢?

以下建议希望对你有些用:

一、把恐惧分级: 假如"恐惧"是十分,你给离开他的恐惧打几分呢?
然后再从你的恐惧里梳理出层次来,哪些是你努力可以改变的,哪些只
是你的过度担忧其实根本在未来不会发生的,哪些是无奈的但也可以通
过努力把风险降到最低的。把恐惧分级其实是个让自己慢慢理性起来的
过程,试试看!

二、找到你的"柔软": 尝试去发现琐碎生活之外的你。比如,你
是不是看到春天的花朵会格外开心? 你对生活中一切柔软惹人怜爱的小
物都格外喜欢而不是麻木? 当人们感受到柔软时, 其实 Ta 是和 Ta 自己
在一起。

而也只有每个人能够看到自己的柔软,才会对疼痛、欺侮、羞耻、
嘲弄、不被尊重等来自他人的攻击有感受,有感受才会愤怒,感受到自
己的愤怒, 愤怒也是一种能量, 你才有力量去解决自己的问题。

# 女生，
# 要学会保护自己

我也曾经有过差点被性侵的经历，那年我八岁。

那是一次中午放学，天下起了大雨，每天都跟我做伴回家的一位小姐姐那天刚好生病没来，我家和学校离得比较远，大概有七八站地，那时候的公交系统还没有现在这么发达，我只好自己一个人撑着伞走回家。

虽然是中午，但因为下雨，马路上基本没什么人。走着走着，一位大概十六七岁的男孩子跟了过来，然后越贴我越近，跟我东拉西扯，还说要带我到对面楼道里玩玩。那是我第一次知道什么叫恐惧，但是我故作镇静地跟他聊天，走过一个纺纱厂，我指指大铁门说："我哥（其实我没有哥哥）就在里面上班，他一会儿就出来。"

这男孩迟疑了一下，紧接着路过一辆停在路边的大车，对面走过来一位中年阿姨，这男孩由于心虚，就走到了车的另一侧，我赶紧跑到那位阿姨身边求助，哭着说："这个坏哥哥一直跟着我，阿姨求求你送我回家吧……"

后来的故事就可以想象了——世上还是好人多，那个男孩见有个阿姨拉着我，拔腿就跑了，我被安全地送回了家。

做父母的都知道，养闺女比养儿子要操心些，其中很重要的一点就是：必须得从小就让女孩子们知道，社会上有坏人，要学会保护自己（当然，现如今，男孩子被性侵也并不少见）！

可是，正在看着这篇文章的姑娘们，我要说的，并不是爸妈和社会要怎么对你加强看护，而是已经成年的你自己，独自外出的基本常识，你有吗？

首先，别再去相信什么"说走就走的旅行"、什么"再不疯狂就老了"，好吗？

独自旅行率性又刺激，好像不这么跟家人不告而别一次，就不能表明你是个有个性的女孩子。可是你一路上做好周密的计划和安排了吗？当地有紧急联络人吗？假如遇到什么危险，你有应急处置的装备吗？搭什么车、住什么店、旅行路线怎么规划，都有除了你之外的第二个人知道吗？至于那种一路搭陌生人的车去旅行的鲁莽任性的"穷游"，就真的算了吧，攒够了钱再出来观世界，你　样能有世界观！

假如有同学聚会，千万别以为跟着别人瞎起哄多喝两口酒（或者是嗑药，oh，no！）就证明你很肆意很青春很女汉子，你这不是疯狂，你这是真疯，是对自己极端不负责任、是家教不怎么样的表现！别这样姑娘，因为你不知道，疯狂过后，等着你的会是什么……

其次，别再图省钱贪便宜砍价搭黑车了，好吗？

我们这社会还不够发达和完善的地方公交系统确实应该对单身夜行的姑娘们说声"抱歉"，社会大环境没有为女性提供更好的保护。可是，假如你坚持不走夜路、不打黑车、不搭没有牌照的车、不上不认识的人的车，实在不得已上车时马上发微信给认识的人，告诉他车号，你的路线、方位，悄悄拍下司机的样子，告诉他如果半小时内没联系让他马上报警，你是不是就能把安全系数再提高一些呢？

最后，别整天把大量的人际交流都放在线上了，好吗？

把头抬起来，别整天除了对着电脑就是看手机，朋友就等于网友！平时要维系好跟家人、朋友、同学的关系，要把更多的线上交流转移到线下来，你不跟现实中的人多交往多交流，那些人际交流谈话场中的微妙氛围你就非常不敏感，你也学不会察言观色，当不怀好意的人靠近你的时候，你都浑然不觉，那在那个时候，还有谁能给你提醒说"他是坏人"呢？

最后，把我今天看到的"女生安全十不要"分享给你：

①不要和陌生人去指定地点。

②夜晚不要独自外出。

③必须外出不要贪近走暗巷。

④夜间尽量不要走楼梯。

⑤门外有声音不要贸然开门。

⑥不要将个人信息对陌生人和盘托出。

⑦不要坐黑车。

⑧不要和陌生人拼车。

⑨不要贪恋身外之物。

⑩危急时不要失去判断力。

姑娘，你是你自己最宝贵的财富，照看好她！

# 不怕"害羞"的，
# 才是真爱！

音符"薄荷糖 coco"问我："青音姐，最近有个男同事，一直用各种方法暗示我他喜欢我。比如，经常买一份早点放我办公桌上，偶尔聊天说到我喜欢哪部片子，他就会立刻收集好多有关这部片子的音乐、图片什么的发给我。感觉他每天都对我非常上心、非常在意，可是也就这样吧，已经将近半年了，我都快认为他是我男朋友了，他却一直迟迟没有表白。怎么办？难道是逼着要我先开口吗？"

要不要开口，这取决于你的性格。假如你真的确定你喜欢上这个人了，那么大方坦诚明媚地看着他的眼睛，告诉他你喜欢上他了，就像之前我说过的那样——就只是告诉他，而不求答案、不问结果。

"我喜欢你"只是我的一个态度，是对"你"的一个肯定和赞赏，仅此而已。如果你能够做到这样，那也是非常棒的姿态！又帅又酷的姑娘们，通常都会这么做。

不过，我并不鼓励每个女孩子都这么做，因为喜欢上了，但是可以不要回应的、内心足够强悍的姑娘并不多。所以，假如你真的每天见到他时，心里小鹿乱撞，每天半夜三点醒来，就会思念他的眼神甚至他的味道，觉得再不表白你就要枯萎了死掉了。那么去吧，告诉他你喜欢上他了。

然后用第二招——"我喜欢上你了，是想跟你在一起的那种喜欢。你也是一样的吗？假如你不是，那么，以后别再靠我那么近，别再爱我像个朋友，我会伤心，所以请远离我！"

这种类似壮士断腕的爱情表白，并非是把爱情逼上绝路，恰恰相反，这是在给你们彼此留余地，尤其是给自己。

心理学告诉我们：任何没有边界的情感关系，都是一种控制和入侵！所以，你可以先做那个设定好规则和边界的人。这样，未来无论多爱，都不会痴爱成"傻"。成熟的又懂得爱自己的姑娘，通常都会这么做。

假如你说："青音姐，以上两点我都不愿意去做，但是我又真的心里放不下他，好烦恼。"那么我可以确定的是——你其实并没有真的喜欢上这个人，而他似乎也没有，你们之间，就只是暧昧而已。

暧昧也没什么错，暧昧最大的特点是可以不用负责，甚至连"我喜欢你"这样的责任都可以不负，是最轻松的情感游戏。假如你玩得起，而且两位都乐在其中，觉得有个灵魂上相投和的人也不错，那也无不可。

前提是你真的做得到对关系的进展没有任何期待！

人的心理情感世界非常复杂，但总有规律可循。对于真正的爱来说，有一个共通的衡量标准是——怕羞的，不是真爱！

你怕表白后被拒绝，所以你长年暗恋，你并不爱他，你爱的是你自己的幻影；你觉得很爱他，可是在他面前始终紧张放不开也不敢做你自己，你不爱他，你爱的是你的面具。

真正的爱，不怕丢脸，更不会怕羞！祝你好运！

# 如何跟 Ta
# 谈恋爱时谈"钱"？

音符"echo"给我留言说："青音姐，我最近交了个男朋友，各方面都很不错，只是非常吝啬花钱，比如去超市买酸奶什么的，他总是买快过期的，理由是可以买一送一。当然他对我也是比较抠门，但除此之外都挺好。我也不知道他是因为家庭条件不够好，还是在考验我是不是个喜欢钱的女生？总之我也不大花他的钱，因为一提花钱我就怕他不开心，而且我总觉得女孩子自强自立更好吧！"

对呀 echo，女孩子自强自立当然很棒，但你一定要记得，你是为了成为更好的自己才去自强自立，不是为了做给男人看。你知道吗？一个从来不知道如何让别人对自己好的女孩子，也是个傻姑娘。傻姑娘不会有太圆满的爱情，因为，别人都是按照她对待自己的方式对她的。所以，在感情中太爱犯傻的女孩子本质是不爱自己也根本不懂爱！

恋爱中应该要谈钱吗？是否沾染上了"钱"的爱情就不够纯粹了呢？我来给你举两个例子吧。

首先，拿我们的父母举例子。假如你口口声声说你很爱爸妈，可是逢年过节你回到家从来两手空空。在家里吃爸妈的喝爸妈的一毛不拔，你从来不知道给爸妈买点什么或者给家里添置个什么新物件；你自己挣的那点钱永远揣你自己口袋里，你舍得给自己买苹果手机却不舍得给爸妈买个 MP3 听听音乐；你还常常以自己不够富裕为理由根本不给爸妈一分钱的红包，甚至爸妈生病，你也照样一分钱不拿。请问，爸妈会觉得你非常爱他们吗？当然不会！

再拿我自己举例，假如有人说："青音姐我是你的 fans，我很喜欢你！很喜欢你！"可是当我开始为了养活团队，我的内容开始进行商业化的时候，Ta 一看《青音》不总是免费的了，《青音》竟然还做了收费的课程，还卖产品……虽然我照样每天孜孜不倦地通过微博和公众号在为大家创作免费阅读的内容，但是——"不好意思青音姐姐，你竟然开始挣钱了？原来你和你的团队也是要吃饭的？"很抱歉 Ta 无法接受，于是 Ta 开始讨厌我，到处说："青音姐变了，充满了铜臭气！"甚至 Ta 开始在各个群里、在论坛里开始诋毁你谩骂你……那么从我的角度来看，我会认为这样的不速之客是我的粉丝吗？我会认为 Ta 对我充满善意吗？当然不会！

孟德斯鸠曾经说过："商业是社会最大的公益。"这是经济学的角度，而从心理学的角度来看，一谈钱就能被破坏的关系，并不是什么真诚的关系！所以 echo，恋爱要谈，钱更要谈。

那么该如何跟男友谈钱呢？以下建议希望对你有用。

一、一定要跟他聊聊"钱"，不是聊你想让他赚到多少钱，而是聊聊他是怎么看待"钱"的。比如，看看他对有钱人怎么看？是无比羡慕嫉妒，还是不屑一顾地说"一定有潜规则"的仇富心态，还是对"有钱人"个人努力的看重和尊重？他对"钱"的态度暴露的是他的人品和心胸。

二、一定要跟他聊聊你怎么看待"钱"，也可能你们出生在不同的家庭，你花钱比较大手大脚，这部分他的接受度有多少，以及有没有一些差异是可以彼此容忍和融合的？会有很多情侣因为钱闹掰，也并不是因为哪一方嫌贫爱富，就只是使用"钱"的态度和习惯有太大的不同。

三、我想你也可以表达一下你对于他如何为你花钱的期待。比如情人节你是需要礼物的，也可能有的人喜欢的礼物就必须得是名牌包包和钻戒，但是你可能一朵玫瑰就能无比甜蜜和满足。把你的心理预期告诉他，就比未来他因为不了解你的需求而忽略你，你独自生闷气甚至闹分手要划得来得多！我一向不主张女孩子的心思要让男孩子去猜来猜去，成熟又善于经营关系的女孩子，不会这样。

# 小心，每个人身边
# 都有一个"吸血鬼"

音符"智行一"问我："青音姐，我和老公去年领了结婚证，但是到现在都没有办婚礼，是我不想办。我们的生活要说也风平浪静，可我总觉得哪里不对。就是那种……每天都很沮丧的感觉，我总感觉我达不到我老公的标准，因为我不够好，让他对婚姻很失望。

"虽然我在努力地向他证明我是个好妻子，可是我这也做不好、那也做不对的感觉，一直让我有委屈说不出。而且他总是说自己工作有多辛苦、压力有多大，我不够理解他，我如果跟他倾吐烦恼，会让他更加不开心。我对他总是感到很内疚，仿佛不能帮他分担更多……"

多年前，我和心理专家贾晓明老师，在录制心理访谈《学习爱》系列节目的时候，提到过一个词，叫"情感吸血鬼"。指的就是那种不停地跟你要爱、要付出、要你为 Ta 所有的不高兴买单，而且永不满足也永不感恩的那类人。

他们的心是个无底洞，而假如你的伴侣刚好是这样的人，Ta 对你们的关系是有"毒"的！因为 Ta 没有在爱你，但 Ta 非常善于操控你。

Ta 很会利用你的善良制造那种"你对不起我"的感觉，让你对 Ta 产生内疚而动弹不得，进而给你设立一个连 Ta 自己都达不到的高标准，这标准大多数时候都和道德有关。

比如"你不是个好人""你不是个贤良淑德的好女人"或者"你不是个有责任感的男人"，而你显然不可能处处令 Ta 满意，你就会自责、会对 Ta 更加内疚。因为太多内疚，所以你的自信心一天一天被蚕食掉，觉得自己这也不行、那也不好，Ta 也会找各种机会贬低你。到最后，你就成了一个 Ta 的吊线木偶，Ta 一踩你的软肋，你立刻就范。

这听上去很可怕，但其实类似这样"洗脑"一样的、对人自信心的摧毁和一方"施虐"一方"受虐"的关系组合，在人际关系中非常常见。这个"有毒"的人，有可能是你的领导、有可能是你的伴侣，也有可能是你的父母。

判断"对你有毒的人"其实很简单——他们总是让你感到你很差劲，而且对不起他们！

当然，可以想见的是，"有毒"的人，大都有着十分缺乏关照的童年，他们心里的无底洞是他们的养育者的错。但你需要考虑的是，你是否愿意一辈子让自己处于"情感操控"中并且越来越痛苦，从而摧毁自信、输掉你的整个人生呢？

假如你做不到离开他们，那么能为自己做的第一步，也是最重要的一步，就是克制住你的"内疚感"！

当你又因为一些事感到"对不住 Ta"的时候，你要在心里跟自己喊："够了！我不再吃你这一套！"然后坚持做你想做的事，不去配合 Ta，也不去理会 Ta 的暴怒、失望、哭泣、歇斯底里，甚至是道德攻击。

即便 Ta 开始动用其他人的力量让你内疚，比如你的父母、你的同伴、你的家人或者是你的孩子。当 Ta 继续戳痛你心里最柔软的部分时，你依然温和而坚决，不为所动——这样冷冷的坚持，有一次做得足够彻底就可以，Ta 就会明白，"情感操控"这招对你失效了，你对自己有信心了。

当 Ta 能够平静下来，你可以跟 Ta 分享，每当 Ta 制造你的内疚感时，你其实不会想要去爱 Ta，你只是想更快地逃离。而 Ta 的方式，是通过伤害关系和伤害你而拿到 Ta 想要的，这对你不公平！

试试看吧，其实善于情感操控的"有毒"之人，往往有着极聪明甚至是狡黠的另一面。所以假如 Ta 能感受到你的坚持和你的善意，只要 Ta 并不打算毁掉你们的关系，Ta 是能够坐下来跟你沟通，从而让你们彼此建立起新的关系互动模式的。祝你好运！

最好的爱情不是从荷尔蒙开始，
而是从高质量的友情开始的。

Chapter

5

最好的爱情，

并不是从"爱情"开始的

## 你不是梧桐树，
## 凭什么嫌弃凤凰男

音符"double sweet"在我们的"音符社区"里留言说："青音姐，你好。随着年龄的增长，过年回家七大姑八大姨来袭。当初坚持自己的想法读研，说着不在乎年龄的大小，可是当被很多人说读研是个错误的时候，自己也开始怀疑当初的决定了。大家说，女孩子嘛，读什么研，出来年纪都多大了，青春都浪费在学校里，还不如找个好人家嫁了。我就只能呵呵了！

"我是一个比较传统的乖乖女类型，没有谈过恋爱，一直本着不将就的想法。而且有很多条条框框左右着我，例如不找外省的、他家里只能有一个男孩等。也不是没人追，可是都与自己心中的他相差甚远，不敢迈出那一步。他们说我就是太死板，完全不像一个年轻人的想法。外省的、家里兄弟多的、个子矮的通通一边去，就是过不了自己心里那道坎。我该怎么办？"

你好姑娘，看完你的留言，我想给你一个最直接的建议——不如让父母帮你安排一个他们认为条件合适的人，闭着眼睛直接嫁了吧。我没有在调侃你噢，我想这样对你来说最省事也最合适！

读着你的留言，我几乎有一种很穿越的感觉。你的心态很像是一个旧时代等着条件相当的男人，来为自己蒙上盖头的足不出户的小女子，对你来说，读研无非是为了提高自己未来找老公的身价吧！你看你连读研都读得这么纠结，甚至开始怀疑自己。

这样心思烦乱的样子，对于一个必须得要搞点什么研究才能毕业的研究生来说，几乎等于浪费时间和生命。三万多字的毕业论文在等你呢，姑娘，你要拿什么给你的学位和母校一个交代呢？难道对一个女研究生来说，你的小世界里就只有嫁什么样的男人吗？不客气地说，我觉得你几乎是在浪费教育资源，我说的是真心话。

在我看来，循规蹈矩的你并不是真的"乖"，而只是"不敢"，内心里有强烈的不安全感但是又什么都想要的自私，在啃噬着你的心。很多人都会说："我对感情当然是不想将就啊。"但是有些不将就指的是"我要真爱"，而有些不将就指的是"对方得符合我的条件"，这是不一样的。

姑娘，你得做好准备——这两类"不将就"，哪一种选择都需要付出代价，前者需要放弃"条件"，而后者就有可能觅不到"真爱"。而最为两难的就是，你这样既想要对方完全符合你的条件，又想得到最完美的爱情，你等于是在给自己出难题！

所以到现在还没谈过，确实不是因为什么太传统，跟乖乖女、好姑

144

娘也都没关系，这是你自己"画地为牢"的结果。

找对象不可以讲条件吗？当然可以，每个人都可以有自己的价值观。就如同我们在春节期间讨论的沸沸扬扬的"上海姑娘去江西男友家过年，一顿饭分道扬镳"的新闻。

姑娘当然可以完全无法忍受男友家的条件，提出分手，那是她的自由和权利，任何人也没道理指责她！但是讲条件就只是讲条件，就别再跟爱情扯上关系了。在我看来，讲条件的人，应该羞于谈论爱情！

这么多年的心理学研究和无数的心理专家，在不止一次地告诉我们：人世间爱的本质是一样的——爱就是无条件地接纳！

爸妈真的爱孩子，绝对不会因为孩子长得不好看或者个人发展不符合自己的期待，就对 Ta 充满嫌弃；一对男女真的相爱，断然不会由于男友老家吃饭用不锈钢菜盆、他们老家人喝茶不懂得碧螺春要用什么样的杯子冲泡而分手；一对挚友能成为挚友，也不会因为对方的做事风格令自己不大满意，而跟 Ta 老死不相往来……

而所有这一切，都必须自己先要有相当的付出、忍耐，全然地接纳，才谈得上理解、包容和爱，有些人还真的是不行。

不过我一直以来的看法都是——"爱情"和"梦想"这两样好东西，真的不是每个人都值得拥有，它们需要相当的担当和付出，以及足够的运气！

所以姑娘，你能做的是尽可能地照顾你的不安全感，找一个更符合你的条件和让你的家人不会说三道四的人。别太贪心，你就容易幸福了！祝福你！

# 你知道什么样的人"脱单"的概率更大？

春节先问过年好，今天还得跟你说一声过节好！

我们像小孩子一样吃吃睡睡、毫无顾忌、不负责任地就这么过完了春节，转眼到了情人节。这有点像我们从小不被允许早恋，可是一成年整个社会又在担心我们被剩下一样，有点着急、有点尴尬。

今天我收到一条尴尬的留言，音符"内置不开心"问我："青音姐，你发现了吗？不知道从什么时候开始，除了清明节和母亲节，大部分节日单身的人都有一种被歧视的感觉。比如今天，所有单身的人都被称作'单身狗'或者'单身汪'。凭什么呢？你结婚！你有男朋友！你有妹子！你是有多了不起呀？！"

说得有道理，这种对"单身人士"的矮化和贬低就跟过春节时父母的催婚一样，是整个社会不够尊重个人选择，还不够文明的表现。不过，对单身的人来说，仅仅停留在不高兴里是无济于事的。老实说，你心里也一定悄悄羡慕那些收到玫瑰花和礼物的人，对吧？

所以，单身当自强！

春节期间，我碰到一位大姐的女儿。姑娘今年二十有五了，除了有点胖，名牌大学毕业、好学上进、没有恶习，可就是找不到男朋友。

她和妈妈的一段对话很有意思，妈妈说："你应该多看看书、多做做健身、减减肥呀。"她说："缘分有就有，没有就没有，做什么努力都没用的！"你看，这就是心态的分别，妈妈的意思是你应该积极主动为自己做出改变，而她的态度是——等！

你可能也是那个默默等待的人吧。在节日里落寞，在平日里却没有为了"那个人"的出现而努力做些什么。

今天我要告诉你的第一个"脱单"秘诀是——圈子。在互联网时代，"圈子"越多的人，找到爱情的概率越大！你想想看，除了手机上的朋友圈，你还有其他的"圈子"吗？假如你的"圈子"永远都是小学、初中、高中同学和同事，你的生活半径永远都是家、上班、电脑、手机……你没有一起登山、滑雪、学舞蹈、学琴、学手作、学各种技能、一起做公益的或者上各种培训班的"小圈子"，你的生活没意思，别人也不可能对你有意思。

"脱单"秘诀之二——好奇。心理学告诉我们，好奇心是让一个人充满魅力的必要条件之一。你对新事物好奇，对刚刚认识的新人好奇，对世界好奇，对所有的知识都感到好奇，你就会永远处于孜孜以求的状态，而这种状态会让你眼睛发亮，这就是活力。"越有活力，就越性感"——这是我自己的道理，我也相信身边一定会有人因为你是个"好奇宝宝"而开始喜欢你。

爱情不会凭空而来，青鸟得以跃上枝头一定是因为有吸引、有眷恋。新的一年，做一个更有趣的自己吧！

# "最好的爱情"并不是从"爱情"开始的

　　一个朋友离婚了，上周约我出来小坐，我有点担心她今后的生活，毕竟她要一个人了。可是她说："没关系，我跟他不做夫妻了，也还是做得成朋友的，大家的基本面子都还有。"

　　我很纳闷，既然你们的关系还挺仗义的，那干吗要离婚呢？

　　她很轻松地笑了笑说："就是因为仗义，所以决定不再为难彼此了。"

　　我为这样两个文明人这样文明地结束婚姻的心态在心里点了一万个赞。我们常说，分手才见人品。身边有太多的人，当婚姻或者是恋爱走到尽头的时候，不管分开的原因是什么，都无论如何要把尿盆子扣在对方的头上，好像只有扮出一副"你欠了我，你这辈子欠我下辈子还欠我，你们全家都欠我"的高姿态来，才能算是对自己曾经的付出有个交代。

所以你看，其实找到一个对你"仗义"的人，比找到一个"爱你"的人，是更重要的事，这也就是我经常说的，找到那个，即便有一天你们不打算在一起了他也不会为难你的人，就是对的人。

我认为美满的爱情和婚姻需要同时具备以下四种关系模式：朋友、情人、父女、母子。

但其实在我看来，这四个关系是要分成三个层次的。

第一个层次，不是爱情，而是友情。

你们无论到什么时候，都是能聊天的、能玩在一块的、能相互欣赏的、能彼此支持的。

第二个层次是爱情。

那种玫瑰色的眩晕感，那种二十四小时都在思念着他，那种荷尔蒙迸发的激情让你觉得这世界这人生是这么这么美好的感觉一定要有，哪怕这种激情状态只能维系三个月，但也足以让你们能抵挡后面人生里的所有疲惫。

第三个层次才是像父女或者是母子那样的感情。

你们彼此依赖甚至耍赖，习惯着打嗝、打呼噜、放屁、磨牙，由于太熟悉太亲密也会发生隔阂和争执，彼此的坏毛病也常常感到好烦。但你知道，再怎样这个人永远都不会走掉，就像是永远不会抛弃你的家人那样，你对他也是如此。

倘若你们的关系能达到我刚才说的三个层次，那简直是太完美了！可是假如慢慢剥离，那我认为一对情侣走到最后无论是分开了还是在一起，最后剩下的都应该是友情，不是爱情，更不是亲情。

我们看到的那些过得好的晚年夫妻，到了最后其实都只有一个模式，就是老伙伴。能手牵手散步、唠嗑，甚至出去旅游的那种老伙伴。

所以，最好的爱情不是从荷尔蒙开始，而是从高质量的友情开始的。

好了，晚安，明天见！

# 长得不好看
# 又该如何赢得爱情呢?

昨天说了"小个子男人该如何赢得爱情",马上问题就来了,音符"立夏"问我:"青音姐,其实面临同样问题的还有像我这样长得不算好看的女孩,不过,我很自卑,我从初中一直到参加工作,都遇到过让自己心动的男孩,可是直到现在我都还没有过一次恋爱,因为我喜欢的男孩从来都没有拿正眼看过我,像我这样的该怎么赢得爱情呢?"

亲爱的立夏姑娘,相信我,打开爱情之门的钥匙不止一把,而维系一段爱情的,其实是人的"第二张面孔"。

先来说说"钥匙"这事,我们通常都以为长得好看的人容易赢得爱情,其实是一种误解。在你眼里觉得好看的,在别人看来真不一定,而且有些好看,比较有攻击性,其实并不一定是优势。

我们只能说长得好看的顺眼的人比较容易赢得别人的好感。可是能够引起人们好感的因素可是多了去了，还包括言语谈吐温和优雅、举止得体、很会照顾体贴别人的感受、很会穿衣搭配、很有才华、很勇敢、很上进、很幽默等，这些都有机会赢得别人的好感，我们姑且把这些都称作是打开爱情之门的钥匙好了，钥匙不止一把。

当然，你如果一把也没有，那就不能只是怨爹妈没把你生得好看，你这是在拒绝成长。把恋爱的不顺利都赖给长相，就跟有些人把生活所有的不顺都归结为"都是因为没钱"一样，挺没出息的，就好像这样你自己就不需要负责了一样！

那么为什么我会说维持一段爱情天长地久的是人的"第二张面孔"呢？

有伴侣的人一定都有这样的感受，相处得久了，其实对方长什么样子自己真是好像看不太到了，想到伴侣的时候，不会想到对方的脸和身材，想到的全部是这个人带给自己的情感体验。如果感情好，想到他就都是暖暖的软软的甜丝丝的，感情不好，想到他都是冷冷的硬硬的硌得人心里好难受。

而这感情中的"第二张面孔"是什么呢？

是性格和对这段感情的诚意。所以，假如你性格温良、体贴、开朗、通透，讲道理好相处，你对你们的感情充满了诚恳和用心，你无论长成什么样子，都可能将爱情进行到底！而如果相反，你古怪霸道难沟通又整天试探这段感情对你到底有什么好处地算计着，你长得再像天仙，时间长了对方也难消受。

据我观察尤其对于女孩子，性格好比长得好更重要！所以呀姑娘，首先，要多打几把赢得好感的"钥匙"，然后要修炼你的"第二张面孔"，祝福你！

# 你相亲总是失败，
# 只是因为……

音符"移动城市的光与影"给我留言说："青音姐，我最近由于被催婚，又临近年底了，所以不停地在相亲。可是相了十个吧，有九个半都是奇葩。什么吃个面条呼呼噜噜直响的，什么见了面就问我跟几个男人发生过性关系的，什么全程都在不停地翻朋友圈的。就一个聊起来还算正常的，结果最后竟然问我：'那你明年能辞掉工作在家生孩子吗？'我每次相完亲就觉得自己是个 loser。可是不相亲，圈子又太小了，这可怎么办呢？"

相亲，我想问题首先是出在"亲"这件事上。刚一见面，你就想到跟这个人亲密，那么问题来了，Ta 的身高、长相、皮肤，Ta 的身体的味道，甚至 Ta 牙上是不是有菜，你都会在心里上演无数的内心戏，你甚至都会想到假如跟他生一个孩子该是什么样子——"天啊，就跟他？这怎么可能呢？！"于是心里就先从抗拒到挑剔，由挑剔到排斥，于是见面没聊多久，你大概就很想落荒而逃了吧。

相亲中的一见钟情，发生概率很低很低，绝大多数情况下，带着很强目的性的相亲，都是不大可能成功的，因为人在心理上对陌生事物有着天然的设定安全距离的需要。

比如我们在拥挤的公交车上都会把视线错开，只有相亲相爱的人才能够接受跟对方持久地凝望和对视，否则准会跟你急。"相亲"这种形式，就是让你在刚接触一个陌生人的时候，就开始有了马上就要打破安全距离的焦虑，所以心理上肯定很难接受。

那么该怎么提高相亲的成功概率呢？以下建议希望对你有用——

首先，把"相亲"变成"相见"。你要给自己心理暗示："也就是见见，先看有想聊下去的欲望吗？"你跟一个客户谈生意也不能一上来就谈价钱、谈合约对吧，也得先花时间了解观察，相谈甚欢的时候才能开始谈合作。那凭什么相亲认识的人，就需要要么立刻喜欢上，要么就跟人说再见呢？这对你、对别人都不公平。当成又认识了一个其他领域的新朋友，这样的无欲无求反而能收获更多。

其次，设定目标不是"喜欢上"，而是"不讨厌"。你不反感他的行为举止，你甚至觉得下回再见见这个人你是可以接受的，那你的这次相亲就成功一半了。

最后，不苛求"相爱"，先培养"相处"。这是"相亲"跟"浪漫爱"的重要区别——浪漫爱是"先相爱，再相处"，然后才会明白"相爱容易相处难"。而相亲发展出的恋情是正相反，先相处愉快并且能玩到一起，再日久生情。

希望这些建议能够让你的心通过"相亲"找到家。

# 不是所有的付出
# 都叫爱情

音符"万井龙泉"问我："青音姐，人们常说人这一生里一定要有一次说走就走的旅行和奋不顾身的爱情。我爱了一个女孩子快六年，为了追她我甚至放弃了家乡的工作，选择了留在北京当北漂。可是现在她还是跟六年前拒绝我的理由一模一样，说对我没感觉，我们只能当朋友。

"我能做的都做了，上个月她过生日，我还买了玫瑰花在她公司楼下摆了一个心形的图案，够浪漫吧，十动然拒！怎么办，我还是不甘心啊！"

龙泉，看你留言的时候，我脑海里反复想起的是小岳岳。对不起，我没有任何的贬义，是因为你的这种奋不顾身地爱一个人，跟电影《从你的全世界路过》里面小岳岳扮演的那个男人非常像。

这种爱情有一个残酷的名字，叫"一厢情愿"，可是一厢情愿的不是爱情！

连你自己都说了，你的内在驱动力只不过是"不甘心"。爱情不是打仗，不是攻克堡垒，堡垒不会表达感受，但是人会。所以，但凡是那种不顾他人感受就扑上去拼命付出的感情，都不过是为了感动自己而已！过度的付出就是在索取，压力这么大的求爱，谁敢接招呢？

《从你的全世界路过》这部电影，是我近些年来看过的感受非常糟糕的差评电影之一，不仅是因为电影中把电台主播的工作描写得过分随便、节目粗制滥造毫无底线、没有基本责任感和对工作的基本敬畏之心，在电影中的每一段莫名其妙的爱情里，我都感受不到人该有的尊严。

白百何喜欢杨洋，生追！小岳岳喜欢柳岩，生追！张天爱喜欢邓超，生追！这些恋人之间看不到任何精神上的彼此欣赏和依恋，好像爱情单靠不管不顾的荷尔蒙债张，就可以；爱情比谁喊得够大声，表现得够可怜，就可以！

电影里这些个生猛偏执的乱爱而不是恋爱看得我目瞪口呆，放下尊严，还谈什么爱情呢？


爱情中"要面子"和"有尊严"差别在哪里呢？其实很简单，在对方那里，不在你这里。也就是说，要看对方要什么。

如果你心里纠结着是要还是不要的感情，其实也是对方很想要又不太敢的，但是你就是内心骄傲不肯低头，你就是不愿意先给。你觉得自己先承认了"爱"或者承认了"错"，自己就输了，那这就是要面子，你明明看懂了对方的需要而故意不给，这也不是足够爱。

但假如你给的并不是对方需要的，而你自己明知道对方不需要，你一再被拒绝还是要给，那么你在满足谁呢？

你在满足着你自己难以克制的想要跟对方产生连接的欲望，而对方或许早已心烦、早已尴尬，而你完全不管，还把这一切美化为伟大的爱情，鼓励自己要勇敢要百折不挠要用实际行动感动对方！

一方的过度付出，其实在心理学上还有一个更大的阴谋，是"制造内疚"。

你看我都这么感人了，你如果还不爱我，就说明你太坏了！无论什么样的感情，亲情友情爱情都是如此，善于制造别人的内疚感，是很恶毒的一种情感操控，并不是爱！这种打着"无私"旗号的"自私"，就叫没有尊严——知道吗？你死不放手的样子，特别丑！

龙泉，如果你怎么努力对方就是不爱你，你要怎么做才能如愿呢？答案也很简单，放下想让对方爱上你的念头，回到你自己的生活里，经营自己，经营你除了她之外该去在意的其他的人际关系。

没有谁能路过谁的全世界，即便是深深相爱的两个人，也不可能完全地拥有对方全部的世界，每个人都应该为经营好自己的小世界负责。所有那些在你的生命里你爱过的和爱过你的人，都不过是在路过你的小世界时小坐片刻。

所以，假如你想长久地留住别人，你就需要先打理经营滋养好你的小世界，让它自有魅力、自在芬芳，不自觉地吸引别人而不是套牢别人，不是吗？

# 有一种病叫"单身癌"

在我们的"音符社区"里，我看到了这样的留言："我，三十一岁，单身，遇到过无数渣男。最后总结：现在很多大龄女孩都想找有感觉的，其实所谓有感觉的无外乎——有钱、对自己好、看着还顺眼。但是现在这种男人本来就少，要么人家会找年轻漂亮的各方面都好的（现在这样女孩太多了），要么肯定花心（诱惑太多），此路堵死；要么放低要求，要么永远单身，我选择了后者！遇到无数渣男后的感悟。"

你这段话容我解读一下——你拖到三十一岁还单着，是因为这世道渣男太多，而你认为配得上你的必须是有钱有颜还得是个暖男。可是这样的男人要么喜欢年轻漂亮的，要么就是花心大少，总之，没什么靠得住的。而像你这样没有颜、没有钱，又已经不年轻了的女孩子，之所以还单着，那只是因为你既不想将就，又嫌渣男太多，于是结论是——单身不是你的错!

你……是这个意思吗?

跟前几年大家普遍对剩男剩女们抱持的怜悯、同情的态度不同,这一两年,一种"我单身我骄傲"的清高情绪开始蔓延了,仿佛单身就是对抗这个污浊世界的优雅姿态。

正如同我并不认为结婚就等于幸福,在我看来,单身只是一种生命状态,但也确实没什么好拿来骄傲。我甚至会认为,一个人过了三十五岁也并不需要急着结婚,但如果过了二十五岁都还不会建立亲密关系,是一件挺害臊挺值得深思的事。

这意味着,你的年龄一天天长大,你却在成长为大人的路上卡壳了。你不再是个孩子,而你也迟迟没能成为大人——你难道还不为此而感到脸红、感到着急吗?你知道付出吗?你懂得担当吗?你会欣赏吗?你这些都不会,你只会拿着放大镜瞧别人,只会拿着尺子量别人,你把别人都看成了"渣",而你困在自己的小圈子里不肯出来,请问……你有什么好骄傲的呢?

在心理学看来,建立亲密关系的能力既是先天的,也是后天的。先天取决于父母之间的关系是否足够亲密,你的原生家庭是否给到你足够的温暖接纳,而后天,指的就是你自己是否有"学习爱"的悟性。先天的部分我们是不能选择的,而后天的部分,却是每一个人都可以去努力的。

最后,来看看我在"音符社区"里发现的一个叫"小小莲"的姑娘发的帖子:"我和男朋友在一起快四年了,他家里条件不好。最近他妈妈查出肺癌早期，我俩的钱从一开始交往就一起用，现在他妈妈病了，要拿出我们的积蓄，并且向朋友借了一些钱，才凑够医药费。说真的，其实我有时候还觉得自己挺委屈的，因为这些钱都是我们结婚要用的，朋友都说我挺傻的，还没有结婚就搭进去那么多，就像个已婚的人一样。可是想一想钱没了可以再挣，人没了，真的就没有了，不是吗？"

你看，懂得爱的人和不懂得爱的人，差别有多大呀！

# 怎么才能爱上另外一个人呢？

昨晚跟一位大美女聊天，该怎么形容她呢？我也叫她"新白富美"好了，人又白又高又美，而这个"富"，是内心非常丰盛富足、非常有事业心，又非常热爱生活、追求精致品位的意思，而且最近正在创业，非常有想法、有眼界、有见地。

你看我用了这么多的"非常"，是因为连我也认为这样一位姑娘没道理遇不到好姻缘，可是最近她正在为感情困扰。男朋友对她一直不错，感情也算稳定，可最近她觉得男友的成长跟不上她的成长步伐了。在她看来，好的爱情一定要是灵魂伴侣，一定要百分之百地契合，一定要彼此同步，所以她对这段感情的评价是"快分了"。

眼前的美食索然无味，我们一直在讨论"为什么现在有越来越多的年轻人已经开始追求自我了，但依然遇不到真正的爱情呢？"没有"自我"

一定没有爱情，但是假如心里都是"自我"，就会有爱情了吗？并，没，有！

　　每一年，我都会在节目里推荐一本很薄却非常伟大的心理学殿堂级经典著作——心理学家弗洛姆的《爱的艺术》，因为这本书你在任何年龄段去看它，都会有不同的收获。书中有这么一段："爱情与成熟度无关，如果不努力发展自己的全部人格，那么每种爱的努力都会失败；如果没有爱他人的能力，如果不能真正谦恭地、勇敢地、真诚地、有节制地爱他人，那么人们在自己的爱情生活中，永远得不到满足。天真的、孩童式的爱情遵循以下原则'我爱，因为我被人爱'，成熟的爱的原则是'我被人爱，因为我爱人'，不成熟的幼稚的爱是'我爱你，因为我需要你'，而成熟的爱是'我需要你，因为我爱你'。"

　　所以我想那位姑娘跟很多非常优质却一直单着、啥也不缺就是缺爱情的剩男剩女一样，他们当然恋爱过，但并没有真真正正地去爱过谁，没有过完完全全把自己毫无保留地交出去的深度情感体验。

　　昨晚姑娘问我："那假如如此舍得，但最后是我受伤害了怎么办？"是啊，可是你知道吗？爱情和痛苦，其实是一枚硬币的两面，是买一送一的！在我看来，如果不能打破自己的自我界限，如果没有敲碎自己所有的骄傲、矜持、权衡的勇气和决心，如果怕输、怕得不到、怕受伤，你是不可能爱上谁的，永远停留在自我保护的玻璃罩里，你就不可能嗅到爱的香气。爱情，太过于自我和自私的人，是看不见的。

# 他是爱你，
# 还是只想跟你××○○？

音符"玲珑锦绣"问我："青音姐，我跟男朋友交往快三个月了，最近他频繁向我提出要发生性关系，我拒绝了几次，他显得有点不高兴。现在我感觉我跟他之间有点别别扭扭的，他有时候会故意找碴儿，说我不够爱他。老实说，我真的觉得太快了，而且我有点害怕……"

玲珑，你是害怕他跟你发生性关系之后不要你，你没有办法面对以后的男朋友，还是更害怕发生性关系这件事本身？如果是前者，你可能确实是不够爱他，至少还给自己留着后路呢。如果是后者，对任何一个没有性经历的女孩子来说，这种"害怕"都是完全可以理解的。

他有多爱你，就会给你留出多少时间和耐心陪着你，适应从女孩到女人的心理和生理过程。这个过程其实也是他从男孩到男人的过程——真正的爱情，会在这样的共同成长中滋生和升华。

不过，该如何去判断对方到底是爱你，还是只想跟你发生性关系？对你到底是爱情，还是只有占有欲？这倒是每个被爱情冲昏了脑袋的，很年轻的人该要停下来动动脑筋的事。以下我的小小梳理希望对你有点用——

一、你拒绝了跟他发生性关系，他并没有不高兴，反而表示理解你，他是爱你。反之，他对你只有性欲。

二、当你跟他发生性关系之前，他会采取安全措施，而不会把这件事的责任完全推给你，在过程中他也很在意你感觉好不好，这是爱你。相反，他对你只有性欲。

三、在发生性关系之后，他会跟你沟通和交流刚才的感受，是爱你。反之，他自顾自地马上冷却下来，把你丢在一边呼呼大睡，他对你只有性欲。

四、你们常常愿意花大把时间，仅仅是待在一起，做什么或者不做什么都很快乐，你们总有说不完的话，这是在爱着。反之，在一块就必须得发生点什么，要么吃饭逛街看电影买东西，要么就得男欢女爱，否则就好没意思，那说明你们只是有激情有欲望的一对，激情用光了，爱情也不在了。

五、跟他在一起，想到他很温暖，见到他很踏实，面对他你不会有没完没了层出不穷的担心，而且，你也不担心自己在他面前不够一百分。在任何时候，你们都愿意成为彼此的支撑，你们就是爱情。相反，总担心自己配不上他或者担心他出轨等，你们只有占有和情欲。

六、无论心情好还是不好，吃到好吃的见到好看的，工作还是生活中发生了好或不好的事情，或者对一些事件持有观点，你都想首先和他分享，这是爱情。相反，你只有见到他才觉得在一起，你们只有情欲。

七、你清楚地知道他有哪些缺点，但仍然想和他在一起，你爱的是他这样一个真实的人。相反，你只愿意他为你服务为你呈现好的部分，对缺点你火冒三丈或者觉得自己亏大了，你没有在爱他，你只是想消费人家。

八、你常常情不自禁地跟他幻想未来，幻想你们会有一所怎样的房子，以及会有一个怎样可爱的宝宝，并且愿意为此跟他一起努力。相反，你一想起来跟他的未来就觉得没底，或者觉得及时行乐就好，你连他的朋友都不愿意接触，你也不愿意带他见见你的朋友家人，你们就只是彼此的填空。

听到这儿你可能会觉得，爱情实在太难了！其实，很少有爱情从一开始就无怨无悔地认定彼此就是一辈子的真爱。大多数恋爱都是从激情、情欲、彼此填补心里的空白开始的。

但是要从激情到爱情，需要你们双方不断地沟通，努力地经营，在一次又一次误会、矛盾之后又原谅，甚至分手之后又和解，爱情才会到来。

所以，别泄气，他要成长，你也要加油，要给爱情留出生长的时间！

# 当他的情诗
## 遭遇青椒肉片

　　微信小伙伴"粉冰晶"问我："青音姐，你在意恋爱时男朋友浪不浪漫吗？我男朋友一点都不浪漫，我特别烦恼这事，难道是因为我年纪还小吗？"

　　这好像和年纪大小没什么关系，我记得我以前情窦初开的年纪，特别不喜欢那种动不动就给我写诗的男生，总觉得酸了吧唧啷华而不实，还不如给我讲一道高等数学题有诚意。

　　我也不喜欢男生给我送花，我宁愿他帮我去打一次饭，最好还是青椒肉片。直到现在，我喜欢花了，但是也还是不怎么在意我的男人是不是送花给我，这样的浪漫我自己也可以买给我自己嘛，可依然不喜欢男人动不动就写诗，我觉得还不如站在高凳子上修灯泡时的他更有魅力些！

　　我想这不是浪不浪漫，而是你对爱怎么理解。有人觉得爱我就必须给我好感觉，必须让我觉得我很被重视，我很需要被讨好，很难被取悦，因此如果你不能让我感受到我和别的女子是多么多么地不同，我是多么多么地闪亮，我就觉得你真的好不浪漫，你为什么给我庆祝个生日就只知道买个蛋糕、买件大棉袄，而不是送我九百九十九朵玫瑰，最好还夹着钻戒？

你为什么就只知道说"对呀，我想，让你做我孩子的妈妈"，而不是站在大雨里，浑身淋湿地对着我的宿舍楼大声喊"我爱你"，让整个宿舍楼的人都知道我正在被爱？

你看，这不是在向对方索要"好感觉"又是什么呢？甚至还有那么一点想要做给别人看的小心思。

所以，嘴上说是要浪漫，哪里是要浪漫那么简单？

爱情里有点滴浪漫特别好，可是过度需要人家对你浪漫，那是因为你根本就还没有爱上过对方，爱上了，你的心就是定的，就不会需要那么多的浪漫，你会需要更踏实更稳当的东西，因为你要跟他构建的是你们未来的日子，过日子靠的是你们互相的体谅和疼惜，你心疼他，他心爱你，你是不会计较浪不浪漫的，哪怕给你碗里夹块肉，给你深夜留盏灯，这里面的爱的浪漫，你们就都懂了。

亲爱的，外面没有别人，只有你自己。
你和别人的人际关系，
其实就是你跟你自己的关系。

说给人际关系

"幼稚病"患者

# 说给"人际关系幼稚病"患者

 

微信小伙伴"舒宠"问我："青音姐，过完年，我刚刚跳槽到一个新的单位，但是没几天又看这个领导很不顺眼……话说这已经是我毕业一年后换的第五家公司了，每家公司我都是这样，刚来的时候信心满满，过不了多久就能发现不少问题，然后心情非常沮丧，觉得一天也待不下去，怎么破？"

你好，舒宠，我想你平时的人际关系也是如此吧？

觉得一个人好，就啥都好，发现这人有个你不能忍受的缺点，这人在你心里可就死定了。就跟现在很多网上的一些网友似的，喜欢某个明星，就不允许任何人说一点他的不好，谁说骂谁。

而一旦发现这个明星的某个方面不如自己期待的，比如说劈腿了、外遇了，或者明星的某些话不合自己心意了，哇，这个偶像在他心里就坍塌了，就三观全碎了，就累觉不爱了，他甚至还会扑上去谩骂这个自己曾经非常喜欢的明星，毁了他心里的"信念"。

——这不是一种信念，这其实是自私，如果从心理学的角度来看，这种非黑即白，其实就是人格不健全，是边界感太差、缺少安全感、没有稳定的自我意识，当然也就是爱的能力是不足的。

在生活中我们碰到这种人会说："哇，他怎么这么幼稚呢？！"我想你也意识到了你自己的"幼稚"而且想改变这种幼稚，至少总不能一辈子因为各种看不惯就换工作吧，所以才向我求助的对吗？那接下来的话，希望对你有用。

首先：你自己的这种"非黑即白"的、完全忍受不了灰色地带的心态有可能来自你的养育者，比如你的父母可能就是一个挺挑剔的"人际关系幼稚病"患者，心理状态是会代际遗传的，所以，你可能小时候不喜欢他这种个性，但长大后你也成了跟他很像的人。

其次，你的这种常常涌上心头的愤怒其实是对自己一事无成、没有什么长处、日子过得不尽如人意的不满，你只是把这种对自己的不满投射给了周围的人。

记住一句话：亲爱的，外面没有别人，只有你自己。

也就是说，你和别人的人际关系，其实就是你跟你自己的关系。那怎么改变呢，增强自信，有时候更像一句空话。

首先，把注意力放在自己身上，看看你是不是真的适应了你的工作。

其次，每离开一个公司之前你都问自己一个问题：我从这家公司带走了一些什么？是一肚子的怨气，还是新的本领呢？

　　不过毕竟你从学校毕业也才一年的时间，要知道有很多人都跟你一样，我也曾经这样，大家一起成长吧。

# 内心强大
## 跟不要脸有什么区别？

音符 Chris 问我："青音姐，我很想成为一个内心强大的人，可是内心强大到底是什么感觉呢？我们公司有一个从来不顾及别人感受的自私鬼，当大家指责她的时候她都毫不脸红我行我素的，我们私下里常常说这人内心真强大！可是很多时候我们又鼓励人们成为内心强大的人，那么内心强大到底是好还是不好呢？"

好问题，我给你翻译一下，你的问题就是——内心强大跟"不要脸"的区别是什么，对吧？

我们首先来看看什么是"大"。在这个世界上，大海是"大"，草原是"大"，天空、宇宙都是"大"。你会发现凡是"大"的，一定也是"包容"的，有"容"而且有"融"，这才是大。

放到我们的内心世界里，当一个人的内心既包容又灵活，既能接受和尊重他人跟自己的不同，又能审时度势融会贯通，能张能弛、能紧能松、能强能柔、能屈能伸，这样的内心才是真正的"大"，你说呢？

那么"不要脸"的人，只是比较"强"。他们的强在于有自己的一套坚定的信念，比如"唯我独尊""顺我者昌，逆我者亡""凡事以对自己有利为出发点""有便宜不占一辈子遗憾"等。当他的信念足够坚定时，他的心已经硬到完全感受不到他人，只有自己，于是他也就没有了内疚、没有了歉意，甚至没有了悔恨和羞耻。他生活在自己的逻辑里，世界只存在于从他的角度看过去的样子。对他来说，不存在换位思考这回事，因为他根本看不到别人。当然，你如果要跟这种人做沟通，企图建立合作或达成谅解，那也根本是痴心妄想。你会发现他永远在自己的逻辑里，你说的话，他是有听没有到的。

不过，"人"字的结构却是相互支撑，任何不能构成合作的为人处事方式都会付出代价。那些"不要脸"，他们的代价也常常出现，只是发生在你看不到的地方罢了。

但是在我看来，"不要脸"们一样有可学之处。如果你是个不够自信的人，你需要学学他们强悍地信自己。不要妄图去依赖他人，你连自己都不相信，你还能指望谁呢？

如果你是个容易内疚的人，你需要学学他们建立边界的能力。分清什么是"你的事"，什么是"我的事"，什么才是"我们的事"。让"上帝的归上帝，恺撒的归恺撒"。不要害怕自己让别人失望，更不要把什么责任都揽在自己身上有事没事就自我攻击。那不仅是不爱自己，更是一种自恋和自大!

如果你是个很情绪化的人，小孩子脾气，要学学他们控制情绪的能力，一个人只有能 hold 住自己，才有可能 hold 住别人。想想你的目的是什么，时刻提醒自己你早已不再是孩子。

内心真正的"大"有可能跟个性、家境、眼界、学识、背景、经历都有关系，而"强"确实是要从一次又一次痛苦的磨砺和挣扎中来，那些"不要脸"其实也一样。

所以，放手让自己的内心得到痛苦的浸泡和自我的超越吧，只有这样，你才能真正强大!

# 有一种病叫"好人控"

　　微信小伙伴"雷拉"问我:"青音姐,我一直有个疑问,究竟什么才算是'好人'呢?比如我爸爸,他在家里对我们兄妹俩和我妈总是凶巴巴、没好气的样子,说话就跟吃枪药一样难听,而且他有时候还动手打我妈妈,我们都非常恨他。

　　"可是我爸在外面却是出了名的好人,和气、脾气好,还特别乐意帮人家忙、给人家出力,乡亲邻里都夸他人好、心眼真好。可轮到自己家的事,他不仅完全不管,还甩脸子,这种人到底怎么回事呢?我发现自己从小在他的阴影下长大,现在也是特别懦弱、怕事。"

　　雷拉,你好。我相信你身上多多少少也会有爸爸的影子,就是道德感特别强、特别容易内疚、特别容易忽略自己,什么事都先把别人的感受放前面。我想你在外人看来,一定也是个挺 nice 的人。但你自己其实并不快乐也并不轻松，因为你在人前是戴了面具的。

人的心灵能量也是守恒的，一个人对外人特别好，就很有可能对自己和对自己人不好。他会把在外人那儿攒的负能量都转嫁到自己人的身上。

其实，他对外人的好也并不是真的好，他只是太在意外在评价、太想让人家给他发一张"好人牌"罢了。这其实并不是真的善，而是另一种索取。而对亲近的人来说，他另一面的冷漠、不近人情、暴力和语言暴力，就是一种自私了。

一个人对自己和对自己人好，他对别人的好才是真的。即便他的精力和能力有限，没有能够帮助更多的人，但他能把自己、家人、爱人、朋友照顾好，这本身已经是对社会有贡献了。帮人是情分，不帮是本分嘛。

而如果反过来，那种整天等着外人给自己发"好人牌"，对自己和自己人忽略又粗暴的人，就是一种病态了。那该怎么改变呢？

首先，如果你听了我今晚的语音，意识到自己有过分强烈的"道德感"，自己就是一个"好人控"，那这本身就是有所改变了。

其次，要在生活的其他方面让自己更有价值感。比如说，你要更加努力工作、赚更多的钱、做出更多的业绩、多一些业余爱好，让自己有更多的朋友和欣赏自己的人。

"好人控"在面子文化大行其道的中国是十分常见的，他们很伤人。但是最难受的，其实还是他们自己。

# 你不是弱，
# 你只是太自私

　　昨天打车，我叫了一辆专车，车门打开的时候我吃了一惊：车后座上有个四五岁的男孩子，把玩具、爆米花、碎纸片弄得座位上全都是。我很诧异，使用"滴滴打车"这么久，我还是头一次碰到司机带着孩子。

　　司机把孩子抱到了前排，让我坐在车子乱七八糟的后座上。一路上，孩子不断地玩闹着，和司机折腾。车子里还像是弄撒了酸奶，发出酸臭的味道。我问司机怎么回事，司机说，这是他儿子，因为今天家里没人带，所以他只好带着出车。

　　我问他："那你为什么不干脆不出车，在家里带孩子呢？"他说："那多耽误挣钱呀！"我在心里悄悄说："那你就没想过这样会耽误乘客吗？"

　　一路上，我的心都在纠结，到底要不要投诉这位司机呢？如果投诉，我也太不近人情了，你看，人家一个大男人，带着孩子出来拉活儿，多不容易，我怎么就没点同情心呢？可实话说，我对这位爸爸怎么也同情不起来，因为我是消费者，他没有在尊重我。

当然，最后我还是没有投诉他，但当我把这件事说给了一些朋友时，却得到了他们这样的反馈："你不要那么强好不好，大男人带着个孩子多不容易，他一定是遇到了难处。人家难嘛，我们就该体谅人家……"

我忽然想，凭什么"弱"的人就理所应当被体谅呢？打个比方，我们的周围，其实到处充斥着这样的"弱人心态"——

你看，我是老人嘛，所以你年轻人给我让座，就是理所应当的。你不让，就是不道德，甚至你不让，我就有权利打你；你看，我孩子小嘛，所以我的孩子违反了社会公德，你怎么好意思说我呢？你说我，你就是在跟孩子一般见识！我有孩子，你就得理所当然地让着我的孩子，全世界都得先让着我的孩子；你看，我没钱嘛，所以你作为有钱人，怎么还好意思挣我的钱呢？你有钱，就应该把钱捐出来；我穷，所以我理所应当地要得到比我有钱人的帮助。你不帮我，你就是不道德……

对有些人来说，"弱"其实成了自己可以无度索取的，甚至耍赖摆烂的筹码。所以，他不是不能自强，他只是不愿意！

比如这位司机，其实他可以在跟我第一次通电话的时候就告知我，车里有个孩子，让我做选择要不要乘坐，或者干脆不带着孩子出车。孩子在爸爸旁边闹来闹去，爸爸开车有多危险！可是，这位爸爸最终选择了"自私"，选择了既不耽误挣钱，也能带孩子的做法，里外里，光顾着自己合适,但却把基本的职业素养和最起码的对乘客的尊重都给丢了!

　　我不止一次地在节目里说过,文明人的标志是"眼里有他人,心里有爱",如果一对父母亲眼里从来就没有他人,那么父母自己也并不懂得该怎么教育好孩子,爱好孩子。因为,孩子是比照着爸爸妈妈的为人处事,去活他自己的人生的。因此,"弱人"甘心停留在弱的、被照顾的、被原谅的位置里,是因为太自私……而自私的人,内心是不可能强大起来的!

# 有一种糖叫闺密

生活里如果没有甜味，这样的日子便不值得过，可是能让人心头甜滋滋的，不仅有爱情，还有……闺密。

## 一、闺密之"密"

你有过这样的感觉吗？如果很长一段时间没有被拥抱或者没有跟亲近的人待上一段时间，心里就觉得非常疲惫，但是你可能并不知道，累的原因其实是你需要亲密了。人人需要亲密感，三岁之前的孩子如果不能经常被大人搂抱和抚摸，就容易因缺乏亲密感和安全感而导致强烈的焦虑感，甚至长大后会变得悲观、疏离、没有自信。成年后的我们，从皮肤到身体再到心灵，也常常是极度渴望亲密接触的，但我们不大有机会常常跟父母亲密，也并不是每个人都能幸运地找到那个愿意与之亲密也愿意跟自己亲密的异性。

不过，作为女人，我们是幸运的，因为我们有闺密。闺密不是亲人，但有时比亲人更亲；闺密不是恋人，但有时比恋人更有爱。那种在闺密这里才找得到的可靠的、扎实的亲密感，也会成为我们疲惫心灵的休息驿站。

## 二、闺密之"蜜"

当我们还是小孩子的时候，我们都知道，如果想玩其他小朋友的玩具，我们能用到的最有效的办法是交换自己的糖果。人与人的交往，互惠原则其实是不可回避的，也是客观存在的。互惠并不是交易、更不是利用，它是在自己的血缘关系之外与他人建立和发展良好人际关系的前提。倘若你自己通篇无亮点，而且又不愿意为他人付出，别人凭什么要重视你、包容你、在意你呢？

但现实的生活中，并不是每个人都愿意跟自己发展互惠共赢的关系，有的人在接受了自己的"好"之后，也不见得愿意用"好"来回馈自己，因此，与人交往的过程同样也是不断试探真诚、发展信任的过程，这个过程其实并不轻松，也不都是愉快的。

但是，对女人来说，闺密就是那个经过反复试探之后，能够放心地将自己的喜怒哀乐交付的人，是经过考验之后最值得信任的"死党"。在别人那里不敢露的怯，在别人面前不敢出的丑，甚至小小阴暗、小小八卦、小小不着调，闺密都能包容着你、帮衬着你，她能在你心灵灰暗的时候给你阳光，也能在你痛苦酸楚的时候给你加点糖。

　　但是即便有闺密的生活让你感到如此美好，这样的美好倘若不懂经营、不知珍惜、不守法则，也是一样会成为心头利刃，那种撕裂般的痛楚，有时也并不亚于爱情之殇。

　　一、闺密法则之"经营"：

　　1. 每个人都需要赞美，即便内心强大如闺密，也是需要来自你的真心褒扬的。闺密发美照在朋友圈的时候，你赶紧去点个赞；闺密有了成绩的时候，你赶紧给鼓个掌；在闺密的任何一个需要大大表扬一番的时刻，你得去充当一下给她发小红花的幼儿园阿姨，必须的！

　　2. 你必须是她最坚强的支持者，当她碰到糗事、遇到难事的时候，或许每个人都在质疑她，包括她自己，这个时候你要坚定不移地举起"我是闺密我爱你"的大旗，无怨无悔地陪伴在她的身边，做她最忠实的拥趸和粉丝，必须的！

　　二、闺密法则之"不要"：

　　1. 不要在闺密聚会的时候，把自己打扮得像去跟男人约会。在闺密那里不需要比美斗艳，忘了吗？闺密是那个最能接受你的"不美"的人，所以，脱掉高跟鞋换掉小黑裙，请放轻松点吧，素面朝天的闺密情，更贴心也更自在——这一点美女尤其要注意。

2. 不要跟闺密的另一半走得太近。当闺密跟男友发生矛盾的时候，你去做调解员吗？省省吧，你只需要听听闺密唠叨帮她出出主意就好，那个男人的毛病不需要你这一剂"良药"。当你难受的时候，你把闺密的男人也当成自己的拐杖吗？醒醒吧，她的男人不在你的交际圈，哪怕其实你跟她的他已经很熟悉——这一点热心肠和娇娇女尤其要注意！

闺密如糖，她是我们雾霾里的小清新，是我们疲惫时最灵动的甜梦！珍惜闺密，祝你甜蜜！

# 如何"培养"出"听话的爸妈"

　　这个标题我改了好几次，刚开始用"培训"，后来用"训练"，都觉得用在父母身上不大尊重。可是既然所有的人际关系都是互动的结果，好的孩子、好的同事、好的伴侣都是可以"培养"的，我想对和爸妈的关系，其实也并非一成不变，也需要我们做儿女的用点智慧，而且要持之以恒地努力。

　　昨天那篇《好孩子不应该听爸妈的话》之后，后台有很多"音符"觉得特别有共鸣，于是倾诉了自己爸妈的各种"难搞"。老实说，每个人都会觉得自己的父母，至少有一个人，会特别难搞，你知道是为什么吗？一方面，我们对越亲近的人就越不知道收敛，什么话都敢说，就常常针尖对麦芒；另一方面，我们会发现我们跟那个让人最头疼的父母的个性其实最像，这是基因的力量，一个人最难的就是搞定自己，因此搞定一个跟自己很像而且又是长辈的人，那岂不是更加难的事情。

所以，你要先接受"谁家的父母都难搞"的事实，当你再和父母发生矛盾的时候，就不会那么想不通了。

其次，你得接受"父母并不完美"的事实，你知道父母也会很爱面子的吗？你知道父母也是常常会很没安全感的吗？你知道父母有时候也会嫉妒吗？比如嫉妒自己的儿媳妇。你知道父母有时候也会很自私吗？而且，当父母年纪越来越大，他们的生命活力和拥有的资源在以让他们吃惊的速度衰减的时候，他们心里是非常慌乱和不安的。你可能常常听到他们抱怨，"最近吃完饭就胃胀、头发怎么越掉越多了、最近睡眠不好很早醒了睡不着、最近总是出汗"……可是，你从来没有在意过吧，那其实是他们心里对衰老的恐惧。

心理学告诉我们，当人有不安、有恐惧的时候，总是会做出扭曲变形的事情，会用各种强势控制和弱势控制的手段来缓解焦虑。但父母总是这样做，他们和你的关系一定会出问题，所以你需要看到根源，然后多点耐心帮助他们化解焦虑，而不是去抱怨他们怎么这么烦什么都要管。

第三，你要接受你已经是个大人这个事实，你不能再依赖谁了。以前出门是爸妈冲在前面料理好一切，现在你是大人了，你不仅要能料理好自己，还要在和父母相处的每一刻，甚至平时逛个街、买个菜、去个超市的时候，都让他们看到你对他们的照顾。这时候你得反过来时时处处拿他们当个很要面子的孩子，很多时候不能跟他们一般见识，很多事甚至你要参与拿主意给意见。你只有从平时开始做起，让他们看到你做大人的能力，也就是说，你得让父母觉得你很行，你甚至很多地方比他们行，当你在遇到人生大事的选择的时候，父母才有可能信任你，不去干涉你！

当然，孩子对父母付出得越多，对原生家庭的贡献越大，也才越有话语权！所以，别老是抱怨你的爸妈怎么这么"不听话"，能带好"老小孩"的前提是，你已经长成了出色的"大人"了！

# 教你治治那个用"冷"伤害你的人

昨天我回答了微信小伙伴"毛大山"的提问，他问我，他的妻子长时间地不跟他说话，对他实施"情绪虐待"的事。

确实，冷暴力啊，其实比争吵打斗都更让人愤怒，因为被暴力的一方感受到的是冷漠的蔑视、无情的轻视。

她就是当你不存在，她就是对你的任何情感和情绪都不给予回应，她就是那么晾着你，让你抓狂、让你自卑、让你痛苦、让你纠结，而能够完全无视这一切——不客气地说啊，她根本不把你当人！

那么，像大山一样，对长达一个多月的"冷暴力"束手无策的痛苦的人，该怎么面对和改变这一切呢？

首先呀，你还是要先检讨自己。

为什么她敢于这样对你进行精神虐待呢？她对别人敢这样吗？要记

住所有的人际关系啊，都是互动的结果。你想想你到底是做了什么，或者没做什么，她才敢在你面前呈现出如此冷酷又霸道的一面呢？要知道啊，你没做的，也是做了——不作为也是一种作为。

其次，你要一次又一次地识破她的伪装和"招数"。

也就是说，她的那些特别善于制造你的内疚和罪恶感，让你觉得完全是自己的错的时刻。无论她是做强势状，还是装可怜、装无辜、装弱势，你都应该赶紧提醒自己："不要配合 Ta，现在要换你无动于衷了！"

也只有你不再踩着 Ta 的点、配合着 Ta 的节奏，而是打乱 Ta 的步调，你不再参与到 Ta 对你发出的、实施虐待的"邀请"里，你们俩的问题才能找到解决的突破口。

也就是说，你要拿出一副"我不再陪你玩下去"的姿态来，打破之前的游戏规则和恶性循环，让她的变本加厉的冷暴力有所收敛。

第三，当你能够做到前两点，你的内心已经足够强大了。这个时候啊，你就要开始跟她正面交锋了。请注意，我说的"交锋"啊，不是要吵架，而是相反——

你要非常平静、平和地跟她谈谈：她长期的"冷暴力"带给你们关系的伤害，带给你的感受，以及接下来你打算如何改变这种局面。

用你的镇定将她牢牢"钉"在那里，听你把话说完。这期间，不管她对你做出怎样的反应，你都要保持你的平静，而且呢，不去对她进行任何的抱怨和指责。

不过呢，当你能够做到第三点的时候，内心变强大的你是会震慑到她的，她一定会做出改变的！因为你已经开始在变化了。

　　所有的人际关系都是互动的，记好这句话。

# 善良并非与生俱来，
# 它是一道练习题

音符"花藤无间"问我："青音姐，我今年毕业，在吃散伙饭那天我喝了很多酒，然后就哭了，我非常害怕进入社会。我在学校就不合群，没什么朋友，我感觉周围的同学对我并不友善，他们很爱攀比、很讨厌，可是进入社会人心是不是会更叵测更险恶呢？"

花藤你好，你的留言让我想起我在读书的时候，教我们语言学的教授于根元先生的一段话："你们知道文明人和野蛮人的差别是什么吗？文明人会先把陌生人当成好人，而野蛮人是先把陌生人都当成坏人，后来反复试探验证才会将信将疑，哦，原来你不是坏人呀！"

他这段话我一直记到现在，是因为在我后来进入社会之后，我确实发现人分成这两类，那种一上来就把人当坏人的人，你是无论怎么对 Ta 好，都很难跟 Ta 做成朋友的，除非你能对 Ta 有求必应，你让 Ta 百分百满意，否则，Ta 翻脸一定比翻书还快！

这是价值观的不同，但也可以说是人的心底是否有善意的差别。

老实说，这类人，就连心理咨询师都不大容易搞定，因为 Ta 永远陷在"这世界跟我对立"的逻辑里，你怎么沟通，Ta 都不会明白，这需要很长时间的心理咨询。

人的善良并不是与生俱来的，回想小时候，我们大概都有过对小蚂蚁、小鸽子做过格外残忍的事的记忆，那是我们野蛮的动物性，后来，是父母不断地教育，让我们懂得了不忍心，学会了文明，开始用善意对待这个世界。

而有些人，大概比较少地接受来自父母长辈的正面引导，父母甚至从小告诉 Ta 要防人，交朋友要有用，所以 Ta 永远生活在没有安全感的焦虑中。Ta 老觉得自己一不留神就会被算计了，Ta 怎么会放心对别人善良呢？

不过花藤，你一定不希望自己在进入社会之后，还是这么孤单寂寞冷，那么该怎么做呢？

我建议你，先从"假设无敌"的心态开始做练习，当你进入一个新单位，你要假设周围大多数人都是好的，目光聚焦在别人的优点，并对他人给予你的任何细微的帮助心怀感激，而且要把感激表达出来。

我们当然会碰到坏人，但是 Ta 也会让我们长经验。——善良是一道练习题，当你的得分越来越高，你才会感到这世界对你也同样回报了善意。

真正善良的人从不软弱，因为他有着强大的内心，内心强大，才能给予。祝福你！

# 男生女生到底有没有
# 纯洁的友情

前几天工作室的姑娘们在群里讨论："你能接受你的男朋友或者女朋友有异性闺密吗？"于是就聊到了一个老话题："男女之间到底有没有纯洁的友情呢？"

我的回答是："有，但是只发生在两个相互都没看上的男女之间。"她们都笑了。

是呀，这是我自己的观点，不一定全对。不过在我看来，男女之间的友情肯定是开始于好感，因为没有好感是不会去主动接触的，可但凡是一个人对另一个人有好感才产生的友情，关系越走越近，心灵越来越亲密，这多半都含着暧昧的期待。这样的友情和爱情傻傻分不清楚的状态，其实并不纯粹，也不过是打着友情的幌子在享受朦胧的、酸酸甜甜的爱情启蒙阶段的状态罢了。 当然，两个人互相有好感有可能发展成爱情，这种打了引号的友情是很美好的，而且，绝大多数的爱情，或者说能好好走下去的爱情，都得是从友情来，心理学家们也做过研究，那些最恩爱最能白头到老的伴侣同时都是彼此最要好的朋友。可是假如一个人对对方有心，而另一个完全没那意思，这样的友情发展下去，就是伤心或者是伤害了。我个人不支持暧昧，友情里要讲究厚道，而异性友情中的厚道指的就是当发现对方对自己的感情发生了变化，好像是爱上自己了，而自己不过是把对方当朋友的时候，一定要很诚恳很坦白地主动告诉对方，千万别等着对方表白的时候才说"啊，对不起，我对你没那意思"，或者在心里悄悄担心"我要是说了，我们可能连朋友都没的做了"，你不说，才是没把对方当朋友，只顾着拿别人的一片痴心攒自信、找感觉呢，这真的好自私。

暂时的冷酷，其实是善意，而拒绝别人对自己的不恰当的感情，也是一种爱的能力。拖拖拉拉、很长时间地享受对方满含期待的朦胧的爱情，黑不提白不提、揣着明白装糊涂，则会造成更大的伤害，那才是真的有可能有一天完全没办法做朋友了。

异性间的友情要想纯洁，必须能确保两个人都没那意思，只有这样，"男闺密""女哥们儿"这两个词才是成立的，而那些常常打着友情的幌子玩暧昧的人，其实是不自信、不老实、不厚道的人，需要小心识别，敬而远之。

# 我才不需要那么多的人脉

我始终认为太过于热闹的生活是不真实的，真正的日子，就是像深泉一样静静地流淌，而你要做翻腾的浪花，去打拼你自己的精彩才行，你说呢？

今天看到一篇文章叫"无效社交"，说是现代人之所以很难产生文学艺术精品是因为通讯科技的发达让我们的无效社交增多了，嗯，我觉得挺有道理的，上个礼拜我就拒绝了一个无效社交。

一位从来没见过面的群友，都不记得是哪个微信群里的了，只是互相加过微信，并没有任何交流，几乎就等于是不认识吧。

某一天突然给我发微信说："大主持人你好，我刚从香港到北京，可以请你吃个饭吗？"

我怯怯地回复说："啊，谢谢你，我不是大主持人，那个，请我吃饭是个啥情况呢？我无功不受禄啊！"

对方马上回复说："就是想认识一下你呗，对你的职业非常好奇。"

这个这个，对吧？！

于是我礼貌回复说："哦，我想我们还是先通过微信了解一下吧。"

他接着问："为啥呀？见面聊呗。"

我只好很直接地说："我不想为了满足别人的好奇心占用我自己的休息时间。"

大概是我过于直接了，对方显得不大高兴，过了半小时回复我说："多个朋友多条路嘛，既然你不在意人脉，那就算了。"接着就把我拉黑了。

噢，那好吧！我觉得有点尴尬也有点想笑，我其实，不需要那么多的人脉！

现代社会随着交际圈子的不断增多，人脉这个词越来越被重视起来，大家都力求多认识一些人，好拉关系好办事。

可是我却觉得，如果你更想做一个内心安定丰盈的人，其实在人际交往上，恰恰要学会做减法，去掉那些不相干也不相熟的交际，避免过度透支你的朋友圈子，把大把的心思、精力和能量都用在经营你自己上。

别说这社会好势力好现实，那只是因为你自己还不够强大，所有健康成熟的人际交往和情感交往都应该是互惠的，这不是相互利用，给予一定要是相互的，一段关系才有了维系下去的可能，即便你帮不上别人，也要有能给他人带来快乐和正能量的本事才行，如果这些都不具备，忙什么经营人脉呀？你最大的人脉就是你自己！先关起门来，做好你自己吧。

# 远离朋友圈里
# 那些肆无忌惮的人

你经常收到这样的微信吗？"清清吧，不用回，点击复制粘贴……"其实大致的意思是对方在试探你，看你是不是把他删除或者拉黑了。

我常常会觉得很好奇，是什么样的心态才会那么担心别人把自己拉黑呢？坦白说，我也常常会拉黑别人，或者直接点击选择"不让他看我的朋友圈"。这样的人大都是一面之交也没有，完全不认识的人，我想我没有必要把我的日常完全暴露给不认识的陌生人。一大堆长什么样子我都想不起来的陌生人给我点赞，我也没啥好开心的。我也常常会选择"不看他的朋友圈"，后来我试着做了个总结，到底什么人常常会被我选择"不看"呢？

首先，就是那种完全不认识却特别不客气地找你帮忙的。比如，我遇到过闺女考大学，开口让我帮着走后门的；自己婚姻不爽，想通过微信聊天让我给打开心结的；想到中央台应聘，让我帮忙的；还有想让我的公众号帮他推文章的。重点是，这些人跟我完全不认识，连见都没见过，也不过是偶尔在哪个群里碰到。大概觉得我有利用价值，于是就在完全没交情的情况下开始求助了。我承蒙人家看得起，只是，真的很烦。

第二种是那种不顾他人感受发朋友圈的。比如，拿无聊当有趣。不小心摔了，拍个自己血了呼啦的伤口发朋友圈；突然发起个要红包的小游戏，没完没了地用要到的一块两块的红包刷屏，说是介绍自己的好朋友给大家认识，拜托，谁要认识你的朋友呢？还有那些突然变身微商的，迷恋自己的宝宝迷恋到拉屎撒尿都要拍下来发朋友圈的，还有那些整天"发吃"的……

第三种是那些永远在转发，永远看不到他自己的生活和生活态度的。比如什么"不转不是中国人""让老公不出轨的108招""如何让你的男人心甘情愿为你花钱"。原本印象中这人的职业样貌受教育程度都挺不错的，一看他这样的朋友圈，心里好惆怅，您怎么兴趣点都在这样的文章里呢？当然还有那些整天负能量的，或者整天都是各种创业鸡汤的……

以前人们常说"物以类聚，人以群分"，可是自从有了微信，人们社交的广度被一再延展开来，成了"群啥人都有，物杂乱无章"，朋友圈成了一个看尽人间众生相的修罗道场。微信社交，由于一分钱都不用花而且也相对节省时间，所以比之前的电话社交、短信社交、电子邮件社交都更便利，却也更无所顾忌，而只有你在微信世界里对他人的感受也顾及一些、节制一些，你的朋友圈里才能圈住一些朋友。

　　因此，我自己的道理是——你的微信就是你这个人，现实世界里跟朋友的交往原则也同样适用于虚拟的社交网络。请拿朋友圈当真正的朋友们的圈，请时刻记得所有健康的人际关系都应该是"互惠"的，远离朋友圈里那些肆无忌惮的人，我们也不做这样的人。

攻击性其实也是魅力的一部分呢,那些个"气场"
"女王范儿""野心""性感"其实都是和攻击性有关!
所以,好姑娘就是——
有边界,活自己,我支持你!

Chapter

7

女人，
请活出你的攻击性！

# 撒娇换资源，
# 这不是女人智慧

美国大选是别人家的事，但是，它还是通过社交网络引起了我们极高的关注，因为它的剧情比美国大片还要狗血。

据称，有美国民众说："今年的大选就像是给你个婴儿，问你是想要烤着吃，还是涮着吃。不管怎么样，这孩子都死定了。"

如果你走上纽约街头，很多人都会翻着白眼说："这两个我哪个都不想投。"或者还会有人说："我投给我自己算了，或者我妈也不错。"

作为政客的希拉里的嘴脸无疑是丑恶的，但是作为女性，虽然六十九岁的她，不会再有下一个四年，但是至少她成了美国历史上第一个女性总统候选人。在她始终忠实于自己的人生理想、拼尽全力也要在政坛这个男人的天下里活出她想成为的自己这一点上，她已经可以为自己加冕了，她是她自己的女王！

今天被大家广为传播的，除了希拉里和特朗普，还有特朗普的女儿为支持父亲所作的一段演讲。那样地果断干练气势逼人，让人们有理由相信，虽然这一次希拉里输了，但是"她时代"依然是到来了！

你还停留在"女人得靠征服男人才能征服世界"这样老掉牙的观念中吗？

别傻了，先来看看现在流行什么样的姑娘。

小姑娘是什么样的呢？

《冰雪奇缘》中的爱莎公主——爱莎从小有着点石成冰的特异功能，只要她的手触碰过的地方，就会成片成片地结冰。于是她从小不敢出门，出门必戴手套，让别人知道她跟别人不一样，是她最最恐惧的事情。

但是后来，当她勇敢挣脱束缚，逃离到荒原旷野上为自己筑起一座冰雪宫殿的时候，她淋漓畅快地唱出"Let it go"！

这句"随它吧"像是一句做自己的宣言，从此要无惧他人的目光，要活成她自己想成为的样子，即便是一个不被大多数人所接受的女子！

《疯狂动物城》中的兔子警官朱迪——朱迪是个又瘦又小的小女生，但是从小立志要做一名铲凶除恶的警察。

在动物城警察局里，她由最初被对她有偏见的水牛局长发配到给违章车辆贴条子，到最后终于在狐狸尼克的帮助下破了大案子。这其中是她的过人的胆识、不肯服输的拼劲成就了她。

"Try Everything"不仅是一首歌，更是一种开放蓬勃的生命姿态，无惧偏见，勇敢尝试和创造一切可能性，即便是个又瘦又小的女生。

大姑娘是什么样的呢?

《欢乐颂》中的安迪——安迪一出场就火力全开，没有小女人的惹人怜，而是拿出大女人的一面在专注和专业地处理解决问题。

剧中的安迪是个情商、智商、学历和职业身份都极高的女性角色，虽然剧中安迪恋爱的戏份并不少，但是她的形象从来都不是靠男人来定义的。

甚至到最后，是她主动说出了分手，她的爱情选择，她依旧自己说了算！我是我自己的，因此很抱歉，我的人生拒绝被评论也谢绝被围观，即便我是个大龄的单身女性！

《纸牌屋》中的克莱尔——跟很多躲在成功男人背后的妻子不同，克莱尔是一个要和丈夫并肩作战的女人。

她清楚自己的欲望，更清楚要如何实现它们，她冷静果断，从不情绪化，甚至没有能被对手捉得住的软肋，她要和丈夫一起奔跑。对待婚姻，她并不是待价而沽钓得金龟婿，而是选择了一支"潜力股"，并引导他、激励他，走向辉煌。

甚至当婚姻中遭遇出轨的时候，她也同样选择了不委屈她自己！让男人喜欢自己不难，难的是让男人喜欢并且敬佩自己，即便是个婚姻并不完美的女人！

姑娘们，一定有很多的情感专家教过你，女人不可以太强太能干对吧？于是你自己的争胜心、野心和事业心，连你自己都怕。

你很小心地把它们藏着掖着，没把精力多花在努力赚钱和工作上，而是花心思去学如何向男人实施心理上的"弱势控制"。用撒娇换资源，拿蠢萌当纯真，这不是女人智慧，这只是手段和小聪明！

学会跟男人互动和跟男人耍心机是两回事，前者是学会看到性别和思维方式的差异，彼此学会换位思考加强沟通，后者是用放低自尊地讨好或者制造内疚感来拉住关系，好可惜，你本来可以更出色的！

希拉里曾经说："如果可以的话，我愿意待在家里烤烤饼干喝喝茶，但是我决定要完成我的使命，那些在我丈夫进入公众视野之前，我就在致力的使命。"

她不愿意自己的价值被漠视——"许多第一夫人成就非凡，但她们的作为往往被遗忘。"她从小到大一直尽力寻求的是保持自主，维持独立！

所以，虽然她有一个被全世界都知道的著名的花心老公，虽然她输了大选，虽然她由于政客的嘴脸和"邮件门"事件被太多的人讨厌，但是这依然并不妨碍她成就自己闪闪发亮的人生！

时代不同了，女性越来越有着多样的人生选择！你可以选择结婚也可以选择不结，你可以选择生孩子也可以选择不生，你甚至可以选择自己生或者让别人替你生。

女性不只可以向往"睡美人"和"灰姑娘"，不仅仅可以崇尚"刘慧芳"的隐忍善良、"白素贞"的温柔体贴，你们还可以学学希拉里，如何定义和驾驭你自己的人生，成为你自己想要的样子！

有个真相是，真正出色的男人，也更会被对自己的人生更有掌控感的女孩子所吸引，这会让他们更有征服欲，因为真正好的爱情，应该势均力敌、并驾齐驱！

祝福每一个好姑娘，作为一个独立的人，勇往直前！

## 定有那么一天，
## 你的精彩不再只来自爱情了

音符"美心"问我："青音姐，我去年研究生毕业，先后换了三家公司，工作业绩一般，也一直找不到职业方向。我是学法律的，可是一点都不理性，表现在爱情上尤其明显。比如，男朋友如果超过一个小时不回复我的微信，我就会不停地看手机，无心工作。

"上周有一次，我给他打两次电话都被他按掉了，而且过了一上午也没有回我电话，也没回微信，我就心慌意乱、胡思乱想到停不下来。前前后后打了大概有快十个电话，男朋友就是不接，气得我直抹眼泪。当时本来要给客户改一个合约，结果根本无法集中注意力，后来被领导骂了一通。

"当我晚上哭着回到家，给男朋友打电话吵架、哭诉的时候，他很不耐烦地说，他今天工作也出了很大的问题，白天一直在处理，很不理解我为什么为了他没有及时回电话，就会不断地打到他手机没电，而且还影响到我自己的工作，觉得我很不敬业。

"这件事之后，直到现在，他越来越不在乎我了……我现在很困惑，要为此分手吗？可是我就是很在乎他，我到底错在哪里了呢？"

美心，你好。我想你离成功地搞砸这段爱情不远了，因为你把安全感全部绑在了别人的身上。

你说你在乎他，但其实如果你真的是在乎他，就会更加在乎他的感受，你也就不会不管不顾、没完没了地打到他手机没电了。所以，你这样的行为不仅自私，而且显得有点神经质。

爱情会让人产生心理退行，退行得像一个没有安全感，也没有自信的小孩子，但是工作会让人增强自信。很可惜，你对工作并不上心。

在我自己做创业公司之前，我对职场上对女性的偏见也非常义愤填膺。但当自己做了老板，转换角色和视角之后，我才慢慢体会到，女性在职场上的有些特质，确实是比较容易招来"职场非议"的。

将"任性"混同于"感性"——人们总觉得女人事多，其实不是事多，是情绪太多。女性由于天然的敏感细腻，对生活和感情世界里的小矛盾和小冲突会格外在意。阴天下雨、昨晚没睡好、大姨妈来了等，都很容易影响工作情绪，更不要说是跟男朋友或者老公拌嘴、跟家人闹别扭、孩子不听话，等等。

生活中的不快乐会让一些女性在走进办公室之前，就开启了甩脸子模式。将生活中的"不高兴"或者是对同事的"不高兴"全都投射给工作,变成丧失理性的"没头脑"。就像美心这样,男朋友一上午没接电话,自己的工作就因此出了乱子,挨领导批评。这种情况其实对女性来说并不少见!

因此,情绪管理对女性来说是格外要在职场上历练的功课——你太情绪化,谁敢把重要的工作任务交给你呢?


将"爱情"放在远高于"事业"的位置上——或许是看多了"三百六十行,爱情出状元"的国产职场剧,于是很多女孩子误以为在"女性职场"的江湖,工作再努力,也不如你有一个拿得出手的男朋友,能让你从此走上人生的巅峰。

那些影视剧里上到公司高管,下到新入职的前台,只要是女性,就必然整天为了男人处心积虑,似乎女人工作能力越强,就越容易在爱情中智商情商双商欠费,好像只有做个工作不怎么努力,整天琢磨男人的傻白甜才是安全的——国产影视剧里依然有着对当代女性的物化和偏见,这其实害人不浅。

作为一个心智健全的现代女性,踏入职场首先要明白的一点是,钱可不分男女。除了有生育的功能,你的人生跟男人的人生并没什么太大的不同,当男人孜孜不倦努力工作的时候,你的以在意"爱情"为借口的不思进取,只会为自己的魅力减分。

"野心""竞争""欲望"等会被女性刻意地压抑——如果你问一

个刚入职的女孩子："你想坐到高管的位子吗？""你想在公司很快被加薪吗？"大多数女孩子都不会直接表达说："我想！"

社会文化对女性的束缚，让女人们在潜意识里认为，暴露野心是一件羞耻和不安的事。它意味着要承受竞争的压力和风险，甚至被同性嫉妒、被男人当作对手，这种滋味可没那么好受。

但是很多女性并不明白，在一个人成功的因素中，竞争意识的重要性并不亚于才干和能力，你即便再兢兢业业、任劳任怨，但假如你不能让你的领导和上级看到你的野心和争胜心，你是很难晋升到更高层的职位的。

美心，以上的梳理是说给你，也是说给更多的将恋爱作为人生唯一乐趣和兴趣的姑娘。

看到你被男朋友逐渐冷落，我对你的难过和焦躁不安非常理解，但是，只有当你有了将自己拔起的勇气和决心，你才能重新得到他的爱和尊重。

希望未来，在你的人生里，不是只有爱情，才能让你展开欢颜！

# 为什么"独立"的
# 姑娘容易独身?

　　音符"貌貌"问我:"青音姐,我今年二十七岁,是个独立坚强的女孩,身边也有过一些追求者,但是最后都会因为同一个理由离开我,他们说我太独立了。其实我从小就很独立。

　　"爸爸妈妈是做地质工作的,常年不在家,我一年的时间里半年住在姥姥家,半年住在奶奶家,所以我很小就被亲人朋友称赞说我懂事、独立,不需要大人太操心。上大学到找工作,我的独立也让我把自己打理照顾得很好,一个人看电影,一个人逛街也自得其乐。可是到了恋爱阶段,独立怎么就成了缺点了呢?"

　　貌貌你好,你的留言让我想到了两个画面,第一个画面是那次朋友过生日去 KTV,我看到隔壁一个十分年轻也不过二十出头的女孩子在静静地唱一首歌《没那么简单》,歌词中有这样的句子:"不爱孤单,一久也习惯……过了爱做梦的年纪，轰轰烈烈不如平静……"这样的歌如果是中年人唱，我不会觉得怎样，可是从一个原本应该情窦初开活得热热闹闹的年轻姑娘的口中唱出来，我会觉得好像哪里不大对……

第二个画面是在飞机上，也是一位十分年轻的女孩子，在很吃力地往行李架上放她的登机箱，托举了好几次都放不上去。其实在她的前后左右都是壮年男子，但是她却不懂得开口寻求帮助，最后，还是我和一位空姐主动上前帮了她。

独立，这些姑娘的重点好像不在"立"，而在"独"。那么是什么原因让她们把自己困在了"孤独"里呢？

首先，我想是因为独生子女太多了吧，当一个孩子从小都是仰着脖子长大的，身边全是大人，没有同伴，自然也没有从小习得如何跟周围的伙伴建立关系。女孩子没学会跟小哥哥撒娇和求助，而男孩子也没有学会顾惜小妹妹，每个孩子在自己的家庭里都是小王子和小公主，但是同伴之间的制衡关系和互助关系却没能学会建立，不懂得表达亲近的愿望，也不会处理同伴之间的矛盾，每个孩子都是小太阳，也都是一个又一个小小的孤岛。

其次，"独立"也是缺乏安全感的人们自我保护的铠甲，正如同内向不善交际的人其实是在意交际一样，"独立"的人们有着敏感、担心被拒绝、害怕自己不被喜欢的强烈的不安和不自信，于是通过"一切全靠自己"来实现了跟外部世界的隔离。有关系，就会有结束关系，于是索性尽可能少地建立关系，这样就能避免失望和失落了。

所以貌貌，在我看来，一个社会功能良好的人，其实是既有"独立"又会"依赖"的人。在工作中能独当一面，但是也懂得如何向工作伙伴求助并达成顺利合作，因为在现代社会里，合作的能力是通往事业成功的标配，而合作的前提是能够承认自己有不足，才能跟他人的长处形成互补与协作。在情感生活中，有独立的自我，同时又能够打破自我疆界跟他人亲密、融合、彼此依赖，这样的情感关系也才是健康的。

　　貌貌，敢于去依赖是一种能力，是一种勇气，也是一份相信，这份相信其实是给你自己的，你相信自己值得被他人温柔呵护。你需要在静下心来的时候，好好看看自己"独立"的背后那份对别人的小心翼翼和不敢期待到底是什么，你真正在害怕的又是什么，对自己诚实一点。

# 看完这个，
# 你就不会跟自己较劲了

音符"淘淘不语"问我："青音姐，我是一个很纯粹的人，你常说每个人心里都有一个小孩子，我的小孩子特别纯真，他总希望身边全是好人，总觉得一切都将变美好。可是事与愿违，我越把别人想得好，我就越容易受伤害，进而对世界和这世界里的人感到失望，我不喜欢这个充满肮脏的、充满算计的世界……"

淘淘，一片看似纯净的雪花落下来化成水，都是有很多不干净的杂质的，更何况是这个世界呢？

今天有一个朋友跟我说，他可能得了抑郁症了，他通常忙一阵子之后，就需要把自己封闭起来一周，不想见人、待在自己的世界里宅着，甚至觉得自己都有点木木傻傻的，他对自己这种状况很担心。

我问他，你能接受自己有可能得抑郁症这件事吗？他说完全不能，因为他觉得自己是个超级理性、意志力非常强的人，既然事业可以做得很成功，那么他也一定能靠自己的力量走出抑郁的状态的。

我对他说，当你执着于跟自己较劲，就是那种把自己的情感、情绪、负能量、糟糕的状态和念头当成敌人，用意志力和自控力去搏斗，你的内心力量会越来越虚弱的，抑郁症就真的会找到你！

淘淘，举这个例子给你，并不是说你有可能会得抑郁症，但是你的执着于"这世界必须纯粹"，和我的这位朋友执着于"我必须 hold 住我自己"，其实是同一种心态——这世界必须按照我的逻辑来发展才是对的，而这恰恰是对生活的"不纯粹"。

人人都恐惧失控感，但是成长意味着必须要接受这世上的很多事，包括我们自己其实都是不受控制的！

比如你爱上一个人，你或许能控制得了你的行为，但是你能控制得住感情吗？比如，你在某个场景下感到非常害怕，你能控制得了你的害怕吗？甚至当你失眠焦虑睡不着觉，你都会发现，你连几点入睡这件事都控制不了！

那么，你自己尚且如此，又如何指望这世界和这世间事必须是按照你所认为的秩序，来进行排列组合的呢？而你所认为的"对"，为什么就必须是"对"，你所理解的"好"，为什么就一定是"好"呢？

我常常觉得，如果把人的情感、情绪，以及生活本身乃至这个世界都比喻成一条河流，我想真正的纯粹不是去拦、去堵、去按照自己的意志改变河水的走向，而是不疾不徐顺势为之，平静时就享受溪水潺潺，怒涛时就欣赏波澜壮阔。

一直积极去作为但不因目的而困扰，努力让它去往好的方向，但也全然接纳它有可能在某段河道上泥泞比想象得还要多，境况还要更糟糕！你的全然接纳，意味着你对河流本身是有信心的，这其实是你对你自己的信心。

所以，就像你和我的那位朋友，这世界有时候跟我们想象的不一样甚至离谱，自己有时候比自己想象得还要糟糕和无可奈何，但是那又怎么样呢？

你对你自己有着深深的相信，你就能平静接受暂时的"不好"，陪着"不好"慢慢走下去。积极去做事，但是不去跟它反复较劲"它怎么跟我想象的不一样呢！"，而是"它怎样都好，真的都好！"，那么柳暗花明就一定会发生，那时你收获的将是一个更有包容心的、内心更强大丰盛的自己，而结果却真的不再重要！

就是想为自己、为你爱的人、为生活本身、为这个世界做更多的积极的好的事情，而不执着于不可控的结果。爱你爱的人而不执着于爱情，爱你的梦想而不执着于成就，这才是真正的"纯粹"！

有人说，墙推倒了就是桥，而我自己的道理是——别去跟墙较劲，别把力气花在去推倒墙上，如果你已经尝试过了所有的努力，那么就放掉对墙的执着，接受墙的存在，转头去尝试开一扇窗。当光照进来，你就能再找到一扇门，进而带着你所有的痛苦走出来。

接受，是变好的开始，不过这需要足够多的智慧！

所以，我能给你的建议是——心态放平，指针向上，接受这个不是你所能控制的世界，努力做更好的你自己！

# 女人，
# 请活出你的攻击性！

音符"Eileen"在我们的"音符社区"里问我："青音姐，我打人了，打了一个男人三耳光，第一次打男人。我现在心里很乱，不知道自己是对还是错。我和他只是普通朋友，他曾经追求过我，我拒绝了他，后来偶尔联系，大家就当老乡处。

"今天他说和几个老乡聚聚，一起吃饭，大家聊到十一点半，他们还去其他地方玩。我的底线是，在外面玩不能超过十二点，所以没去。我下车后，他跟着我下车，紧紧抱住我。我挣扎了半天，他没有松开的意思，我就打了他三个耳光。

"青音姐，我错了吗？心里一直矛盾该不该道歉。后来朋友劝了半天他才放开我，我走的时候和他说了'绝交'。我不知道，是我不合群，还是我不适应这个社会？青音姐，我该不该和他道歉呢？"

我跟你有过一次很类似的经历,那是有一年春节的同学聚会,吃完饭几个同学一起去唱歌,在 KTV 阴暗的角落,一个多年不见的男同学自称是喝多了酒,一把抱住了我,我当时跟你的反应一样,挣脱不开,情急之下一巴掌甩了过去,对方后来忙不迭地跟我道歉,说是自己的太太生病好多年,他心里很苦……

跟你不同的是,我丝毫不为自己当时的那一巴掌感到内疚,我更不会去道歉,也不会认为自己跟社会格格不入,更不担心自此以后给别人留下"不好接近""很难搞",甚至"太过于正经较真"的印象。

也会有同学说,人家就是喜欢你不敢说嘛,我在心里想:喜欢我?既然都有那么鲁莽地去抱我的胆子,怎么就没有胆量好好地正经地跟我说呢?!我的做法是,我再也没有跟这位男同学联系过,因为,他的苦难不是他欺负别人的理由!

在心理学看来,女性的自我身份认同是一件挺困难的事,虽然从小我们都知道我们需要像花朵一样被呵护,可是我们对初潮其实是充满了恐惧和罪恶感的,第一次的性经历也往往伴随着"为了男人的疼痛""牺牲""奉献""给予"等一些自我矮化的心理体验。

所以,大多数女性对自己的攻击性总是充满了内疚感,哪怕是自己被冒犯,也会归结为是自己的问题。比如像你,会认为是自己的性格不够好,不够合群。你内心里真正的担心,是怕别人因此而对你指指点点、说三道四,说你是坏女孩,担心不被喜欢,对吗?

而你,喜欢你自己吗?

从"我是别人的"（比如，我是我爸妈的，我是男人的，我是孩子的）到"我是我自己的"，这是从羞涩放不开的"女童内心"成长为有着成熟独立人格的"女人内心"的必由之路。

我想你的纠结在于搞混了善良宽容和软弱的界限了，这个界限就是——自己是否被对方故意侵犯了原本正当的权益。

我是我自己的，因此当他人侵犯了我，而我坚持了自己的边界，甚至捍卫了自己的尊严时，我是正当的。

我是我自己的，因此我不需要为任何人的过错背负更多的内疚，每个人都应该以自己的行为为自己负责，我是不软弱的。

姑娘，你是你自己的！三记响亮的耳光不会毁掉你的形象，恰恰相反，它会让对你太放肆的人从此却步，也让以前没注意到你的人开始注意你，一个更鲜活生动的你会因为这三记耳光呼之欲出。

所以，别怕！而且你要相信，真正疼爱你的人只会因你有边界有原则而更珍惜你。

最后我要告诉你的是一个心理学的小秘密：你知道吗，攻击性其实也是魅力的一部分呢，那些个"气场""女王范儿""野心""性感"其实都是和攻击性有关！

所以，好姑娘就是——有边界，活自己，我支持你！

# 你知道
## 你是从什么时候开始"老"的吗？

音符"加速度飞鸟"问我："青音姐，我一直是个自相矛盾而且犹豫不决的人，工作换过五个，每一个都有各种不称心，两年过去了，感觉自己一点成长也没有。男朋友处过三个，每个人也都有各自的问题，导致我无法继续跟他们交往下去，也感觉跟他们谈恋爱浪费青春很不合算，他们也不能给我什么……

"现在我仍然是个北漂，无房、无车、无男友！为什么别人都能有让自己骄傲的事业，也能有让人羡慕的爱情，而就我没有呢？我到底是智商和情商有问题，还是运气太差呢？"

飞鸟你好，你对自己的定义可能不够准确，你的问题不是"自相矛盾和犹豫不决"，而是——想得太多，做得太少。

做情感心理节目多年，又做心理咨询师，我有一个惊讶的发现——

太聪明的人过不好这一生。

　　心理学非常强调人要身心一致，也就是我们常说的"我们的行为要跟随自己的心"，可是大多数时候，人们往往分不清"心"到底要什么，那个貌似的目标和方向，到底是你的大脑经过审时度势、精明算计、权衡得失之后的理性决定，还是你的感觉、你的情绪，或者你心里的情感指引呢？

　　当人们的大脑总是离自己的"心"很远，甚至总是拧巴着，"想"得太多，"做"得太少，是很多人会得心理疾病的原因，而太过于聪明的人，大都把精力花在了"想"上——因为想得太过于周全，算得太过于精细，处处都希望只对自己"有利"，所以就压抑了情感，对情绪视而不见，从而畏首畏尾，不敢投入，害怕失败。

　　可是你知道吗？生命这回事，不够投入，你就什么也得不到！

　　你不投入去工作，不是在想怎么把工作做好，而是先权衡这个工作能给你什么，你不会建立起所谓"事业"的概念，工作对你也无非就是糊口的"营生"，那么"梦想"这个词对你就是个鸡肋。

　　你不投入去爱人，不是在努力跟这个人经营好关系、共同成长，让彼此的生命因为对方的存在而闪闪发亮，而是先算计对方能给自己什么，你不会拥有真正的爱的体验，恋爱对你来说无非就是吃饭、睡觉、看看电影和买礼物，那么"爱情"对你来说就是个笑话。

　　我常常想，"青春"和"清纯"这两个词里，其实是包含了一点点"憨"的！当你开始精明，你就开始衰老了……认真、投入、执着，这才是年轻的资本！人生里没有过义无反顾地爱过、梦过，又怎能算是年轻过呢?

你说呢?

# 苦难本身就是财富吗？
# 瞎扯！

音符"微弱天光"给我留言说："青音姐，每天晚上，我都在等八点，等你的晚安语音，对目前的我来说，这就是睡前唯一的安慰。上个月的今天，分手才半个月的男友突然结婚了，原来我一直是个备胎。上礼拜，奶奶永远地离开了我……每个这样的夜里，我都感觉自己快要被痛苦吞没了，我还能熬过去，能熬下去吗？"

不知道是谁说的"苦难是一笔财富"，其实这根本就是瞎扯。苦难就只是苦难本身，它的意义在于让我们学着因为苦难而愈加地对他人宽厚一点。

心理咨询师是一个聆听和陪伴别人穿越痛苦的职业，但你知道吗？每一次给别人做完心理咨询，或者是我做完一次节目，我都会觉得"生命好带劲"！因为我看到那么多的人，正是因为体验到苦难，才萌生出更加强烈的渴望爱的能量，是的——愤怒也是爱，放弃也是爱，疼痛也是爱，麻木是因为对爱失望，那些划过心口的伤疤都在诉说着同样的一句话："爱我，好吗？"

确实不是每个人都有本事能够亲自将这巨大的疼痛的能量转化的，那么疼，疼得都快把自己撕裂了，还能做什么呢？

痛苦的第一个阶段是——不相信和不接受！

那个我以为一直爱着我的人，怎么可能原来一直是在欺骗我？那个我挚爱的生命，怎么能说没有就没有了呢？否认现实，是每一个人面对心理创伤时的最直接反应。所以有些人突然面对亲人的离去，不哭不闹很麻木，看上去好像并不伤心也没反应，其实是更深度的心理创伤。然而，你否认的时间越长，你从痛苦中走出来的时间也就越久。

痛苦的第二阶段是——静不下来！

在这个阶段，愤怒、委屈、不甘愿会排山倒海一样地涌过来，你甚至会有三观被颠覆的挫败感。这时候，你在心里开始不自信，对生活的一切感到无望，觉得自己好衰，有时会咒骂自己。有时候又会心疼你自己，哭泣，或者越发失落、麻木、郁郁寡欢，对一切开始提不起兴趣，只想自己待着。

有一些抑郁症患者开始出现症状，就是从这个心理阶段开始的。所以，这是个需要格外警惕的心理阶段，假如抑郁、低落、兴趣减退的时间超过两周，就需要主动去寻求心理帮助了。

痛苦的第三个阶段是——恢复日常的你！

你开始有力气安排你每一天的生活，逼着自己吃好一日三餐、强迫自己开始锻炼身体、打扮自己、出去社交。这时候虽然心里还是会觉得一片空白，无意义感每天都在啃噬自己，但是能够让作息正常起来，本身就值得为自己点个赞。

痛苦的第四个阶段是——学会感恩！

在我看来，这一步其实是从痛苦中康复的最有效的一步，也是来到我们生命里的意义所在。因为痛苦而内心强大起来、美好起来，具有了生命的感悟和智慧的人们都是因为有了这第四步。

要主动去做"感恩"这件事，哪怕你被生活生生欺负！只有真正原谅了那个伤害你的人，真正宽恕了生活给你的不公平的对待，你才是真的放下了那个人，放下了那件事，谢谢他们来过你的生命，这个苦难才有可能成为所谓的"财富"。

所以你看，我不会说"你不值得为那个离开你的人掉一滴眼泪"，不会对你说"要坚强噢"，也不会说"节哀顺变"！你也不要对自己说这些，在残酷尴尬的生活现实面前，人人都会感到无力的。

这世界有可能不会再好了，但是你经历过这些就会成为一个有故事的人，这些眼泪中浸泡出的智慧，会让你好起来！

生命如此狼狈，但我们依然能优雅向前。

隔空抱抱你，今晚不给你喊加油，但是你要给难过的自己留出痛苦的时间。

# 写给一位"失身"的
# 大龄女子

在我们的"音符社区"里，音符"王伟"问我："青音姐，你好！我今年二十九岁了，还没有结婚。我一直在等那个对的人出现。为了以后我能有一个完美的婚姻，这么多年来，我一直守身如玉。可是就在前几天我破戒了，而且还是给了一个我不喜欢的人。我现在罪恶感爆棚，都有一种想自杀的心理。

"我觉得，最宝贵的东西应该给最爱的人。可是我坚持了那么久，却给了一个自己不喜欢的人。我现在好抑郁，天天痛恨自己，恨不得杀了自己，怎么办，怎么才能走出这个阴影？"

王伟，你好！假如你真的是在乎"是不是处女"这件事，街头小广告和一些女性整容修复的小诊所就可以帮你，你不必来问我。

我想你纠结的是在心理层面，就是"你的第一次不是因为爱情，而是因为没能控制住的欲望。而欲望得到满足之后，回想起来，你没能感受到任何美好，所以你感到羞耻和罪恶，你想杀了自己。其实，你这是觉得非常对不住自己"，对吗？

在帮你梳理心理困扰之前，我们先来确认几件事，以下问题，你只回答"是"或"不是"。

第一，二十九岁还没结婚对你是个压力吗？

第二，碰不到"对"的人，你还会有对异性的欲望吗？

第三，"处女"才会让婚姻完美吗？

假如你的答案依次为："是""是""是"，那么你就等于是把自己系在了一个死结上。你有"大龄剩女"和"保持处女"的双重压力，你知道吗？压力会让欲望增强，在人的心理层面，人的欲望是越压抑越凶猛的。

比如，一个人拼命减肥，什么也不吃，这时候Ta的食欲是最旺盛的；一个人仇富，不屑有钱人，看到别人挣钱就愤愤不平，但这时候Ta对金钱的欲望其实是最强的；一个人努力克制对性的渴望，保持清心寡欲的姿态，对性感到羞耻甚至肮脏，但其实，这时候Ta的性欲望是最强的。

所以，但凡是那些在网络上因为别人的绯闻就骂骂咧咧的道德卫士，大都是在性的欲望上不能得到正常满足，可怜又可恨的人——除了宗教的力量之外，人对正常欲望的过分压抑，所导致的就会是心灵的扭曲甚至变态。

所以，我看到你的留言时，看到的是一个已经二十九岁，却在拼命压抑自己到有些扭曲的姑娘，有点心疼你。

该如何解开你的心结呢？以上我问你的三个问题，你必须要亲自解开一个，其他几个才会迎刃而解——

可以不必对"大龄剩女"这件事压力重重吗？保持美好而独立的生命姿态，一个人时会自在，未来两个人时才能更自在。

可以尊重你的欲望吗？就像尊重"你是个人，你需要吃饭睡觉"那样，无论对方是否是你的真爱，只要当下你是自觉自愿而非被强迫的性行为，你就该为这一切负责，因为你是成年人。

可以不再执着于"处女情结"这件事吗？有多少人的婚姻开始于"处女"，却也一样没能走到最后，假如有男人因为你是"处女"才对你珍惜，这婚姻就已经先失败了。

以上三个"结"你愿意去解开哪一个，是你选择的自由，任何人都无权指手画脚，包括我。但我多希望生活在现代社会而不是古代的你，能活成一个自由舒展的、充满灵性的女子，不委屈自己，也不辜负旁人，而是尊重自己，爱你自己！

"守身如玉"这个词是那些自私的、不懂得尊重女性的男人发明的。

"姑娘，你的身体、你的人生、你的灵魂，不是为任何男人准备的。你是你自己的！"请记住我这句话！

王伟，加油噢！

# 人生最大的失败
## 其实是不开心

在我们的"音符社区"里，音符"七色糖果"留言说："青音姐，我没有遇到真爱就结婚了，我每天都会产生离婚的念头，挥之不去。我不勇敢，我能力小，我不想和他过一辈子，可是我又放不下儿子，也养活不了儿子，我恨自己，也讨厌自己，该怎么办呢？"

这段留言其实非常适合给那些一直惶恐和抱怨结不了婚的人看，结不了婚和离不了婚，到底哪一个更痛苦呢？答案是，假如你没有让自己过得快乐的能力，生活给你哪张牌你都会痛苦——这是我做了十六年情感心理节目的最大的心得。

看看我们的身边吧，没能结婚的，痛苦于形单影只。

结了婚的，痛苦于没有孩子。

有了孩子的，痛苦于婚姻平淡。

而有些爱情，却痛苦于只能开花不能结果……

"得不到"和"已失去"，我们大部分的痛苦都是源于此。

倘若一味地叫人接纳和"活在当下"，恐怕只有宗教可以做到。对我们大多数普通人来说，日子里有纠结、有烦恼，是特别真实的感受，也是生活本来的样子，但是长期地陷在痛苦中，完全看不到自己的积极资源，而自己又没有将自己拔出来的本事，心理就会生病了。

我们没能力让自己活得开心起来，看似是因为某些事件的困扰，其实是一种心理习惯，可是你知道这个心理习惯是哪里来的吗？

是从你的养育者那里来的。回想一下你的成长经历就会明白，你的养育者一生都在做一件事，就是——"不允许你开心"。

当你小时候取得了一点成绩，他们会告诫你"别骄傲"。

你长大后有了一点成就，他们会提醒你"别得意"。

你想为了爱情、为了梦想去争取，他们会劝解你"别冒险"。

当你想做你自己，他们会制止你"你怎么可以只为你自己活呢"。

他们的一生都没有能开怀地笑过，放肆地哭过。于是你的淋漓尽致，在他们看来是"不成熟、不着调"的；他们总是对着生活唉声叹气，于是你面对着他们，倘若表现出没心没肺的快乐，你就会充满了内疚和罪恶。

所以，假如你有不快乐的父母，你哪里还敢快乐？他们一生都在向生活妥协，作为他们的孩子，你哪里还能有追求幸福快乐的勇气呢？

所以，七彩糖果，虽然你的名字很快乐，但是作为一个不快乐的妈妈，我能告诉你的不是"是否应该打碎婚姻去追寻真爱"，那是你自己的选择，我想跟你分享的是——

　　你要努力做一个快乐的母亲，无论生活给你的是什么，这才是一个女人该有的担当！而你勇敢积极乐观地面对每一天，让阳光照进你心里，而不是守着忧愁不放手，这才是真正地爱你的孩子，是一个母亲该有的样子！加油！

# 失恋不是你的错，
# 变丑就是你的不对了

在"音符社区"里，"向日葵"留言说："我算不上什么绝色佳人，至少算得上小家碧玉，但是遇到了一份不好的爱情，使我痛苦不堪，容貌都变了。爱情虽然美好，但对于我这样的人来说不合适，输不起！"然后她配了两张自己的照片，照片里的这个姑娘愁眉不展，如果她的妈妈或者姐姐看到大概会很着急吧。

一段不好的爱情真的会把人变丑吗？如果答案是肯定的，那就意味着但凡那些我们全身心投入过而不得善终的事，都会把我们变丑，如果以此类推，生活当中会把我们变丑的人和事可就太多了！要么不投入凑合着，一旦投入没好结果，我们就要还世界一个丑脸和臭脸吗？没长大的和原本心里就不够美的人一定会吧，但我希望你不是！

"坚持美好，是一种特立独行！"这句话也是我自己的道理。最近

239

创业之后，变得超级超级忙，但有两件事我还一直都在坚持着：一、每天一定坚持保养皮肤；二、每天一定要穿着得体地出门。

相比那些每天忘我工作到灰头土脸的创业者，我真算是个奇葩了。在我心里，无论理想多伟大，我无论如何都不能忍受自己丑，加班、忙碌、不开心、身体不好……这些都不能成为理由！

向日葵，你知道吗？我这个习惯其实是从一次落榜开始的，那时不吃不喝不睡，两天下来，看到镜中憔悴的自己，我突然想：与其躺着哭，不如站起来散散步？整理一下衣柜？贴个面膜？当我这么做的时候，那种挫败到让人锥心刺骨的感受离我渐行渐远，而我静静地做着这一切，我却开始离自己越来越近！

向日葵你知道吗？其实每个人追求爱情、幸福、成功，最终都是为了赢得一个叫作"自我尊敬"的东西，而自我尊敬是从"自我克制""自我修复""自我提升"的能力开始的。我们都有过扑倒在挫败面前痛不欲生的经历，但是一个高自尊的人，会让这段时间尽可能不要太久，而且不要用任何伤人伤己的笨办法。

是的，向日葵，因为一段失败的爱情就把自己变丑的人，就是笨蛋！既缺乏自尊感，又缺少"在痛苦中学点什么"的智慧，这个苦真是白吃了，好不值得！人要有在泥泞中揪着自己的头发把自己拔起来的力量，深陷痛苦中而能不让自己往下坠落的人，才会被你自己尊敬！

另外，我想告诉你，其实"爱情"这回事，没有什么好与不好，只有真诚不真诚！两个人都曾经真诚过，就是好的！对方不够真诚，你也学会了在下一次保护自己。

　　姑娘，或者去看看春天，或者贴个面膜，或者去关心一下那些比你更需要帮助的人，这些都比变丑划算得多，你说呢？

# 姑娘，你的坚强独立，
# 不是为了与男人为敌

音符"明月"问我："青音姐，我是个女博士，工作也有一年多了……我想接下来你就知道我想问什么了吧？是的，我到现在几乎没交往过男朋友，不是我长得有多不好看，也算是个中等偏上吧；也不是眼光高，我就是从很小的时候就在外求学，养成了单打独斗坚强独立不依赖人的个性。也参加过几次相亲大会，都很失望。最近加入了一些什么闺密群，也有一些情感教练来教我们怎么对付男人，可是我觉得那些光听听就很累啊……"

明月，谢谢你愿意把心事告诉我，你知道吗？有很长一段时间，我都不太敢看一些相亲类的节目，那里面的女嘉宾，要么就是优秀得咄咄逼人，感觉她根本不需要男人，只需要一个仆人或者是小跟班；要么就是又娇嗲又装傻，仿佛一个男人就能是她的全部世界。

我总会很不招人待见地说，我觉得我们这个社会的女性教育不知道哪里出了问题，要么鼓励我们做男人，要么怂恿我们做傻瓜。

　　而还有数量相当的"过来人"会以："他们男人……我们女人……"的台词作为基础，把男人和女人对立起来。武当派教给女人"撒娇的女人才好命，抓住男人的胃就能抓住男人的心"，少林派告诉女人"我自己挣钱买花戴，要男人干吗"。

　　前些年有太多的情感专家教给女孩子如何用心计搞定男人，近些年当女人们不再只满足于"女人"，而是越来越沉醉于被称作"女神""女王"的时候，我们大概又被流行文化带偏了。在我看来，过分柔弱或者过分女权，其实都是对女性的歧视。

　　首先，女人的独立是一种心态，但不是姿态。女人的独立意味着你有自己的判断和见解，你能够自己做选择并且承担，但并不代表着你不需要跟男人商量、探讨，不需要学习合作。

　　只会跟男人争输赢，不会低头和弯腰，那不是独立，那是强势，女人如果学不会在男人面前放下身段，反而是一种脆弱，说什么"不要低头，王冠会掉"，那不过是小女生的倔强和自恋。

　　其次，女人的坚强不是强硬，而是柔软。跟男性的果断勇猛不同，女性的坚强体现在耐受力和持之以恒的韧劲。无论吃多少苦，咬紧牙关并报之以坚韧的微笑；无论有多难，都用瘦弱的肩膀默默承担并优雅平和不抱怨，女性因柔软才更能承受不易折断，也因为柔软才更加强大。

　　我所理解的女人味，不是撒娇发嗲，而是"善解人意"和"柔韧独立"——女人的长大，不是学会了如何与男人为敌，而是学会了如何同男性世界合作，以及学会了同男人建立深切的依恋和亲密。

所以，明月，可以通过一些训练先让自己柔软下来，比如音乐、旅行、手作，去体察这世间一切美好的事物，以及和朋友建立真正的情感互动而不再只是彼此用得上的关系，试试看！

# 你主动选择了"苟且"，
# 又凭什么想着"诗和远方"？

音符"素秋蓝"在我们的"音符社区"里给我留言说："青音姐，我听你每晚的语音很久了，有个问题我问了自己无数次，就是……我想离婚。我是一名高中语文老师，丈夫是物理老师，生活中我感觉自己像包法利夫人一样。我常年睡不着，心情郁闷。我想辞职，可是我不知道我能干什么，当然我还是很努力地把工作做好了，可是我的生活该去向哪里呢？"

任何粉饰的平和宁静都不会支撑太久，因为每晚夜深人静时心如针扎的滋味只有自己知道。

你说你现在活得像包法利夫人，我在这里给大家先做一下科普：《包法利夫人》是法国 19 世纪现实主义文学大师福楼拜的作品。包法利夫人是一个受过贵族化教育的农家女，她瞧不起当乡镇医生的丈夫包法利，梦想着传奇式的爱情。可是她的两度偷情非但没有给她带来幸福，却使她成了高利贷盘剥的对象，最后走投无路，服毒自尽。

你不爱你的丈夫，甚至有点瞧不起他，你也不爱你的工作，你再努力也不是因为你热爱，只是你的面子和不肯服输。但其实你也并不想放弃这一切，因为你会在心里给自己泄气："再找的老公和工作也未必更好呢！万一还不如现在呢？所以，还是先将就吧。"我说得对吗？

素秋蓝，辛苦你了，我能体会你日复一日的挣扎，但是我还是得跟你讨论一个词，这个词叫"贪心"。贪心是我们人性的暗面，人人都有，但是贪心太过的人，常常就会把自己绕进去。那些在做选择时犹豫不决举棋不定的人，不是什么选择焦虑，那只不过是什么都想要的"贪心"。

做情感节目十六年，我接到过太多让我帮着做选择的人生大难题，我叫它们"既……又……"选择题。这些难题的制造者其实都有一个共同的特点——明明是自己主动选择了眼下的生活，但又不甘心，日日畅想着"诗和远方的田野"，于是在疏于经营的漫不经心中，把日子生生过成了"苟且"。

前天去观赏一个音乐诗会，旁边坐着一位打扮得很贵妇的女人，听每首诗她都会激动地擦眼角，那种纯情活脱脱像一个小姑娘。可是当演出结束，我听到她接听丈夫电话时冷淡的语气和粗暴训斥孩子的态度，我终于明白，她对现在的生活是多么地不满意。

这是个在年轻时浪漫而不得的女人，当年因为太过于现实地选择了"苟且"，所以现在才会对一切理想的、纯真的、梦幻般的美好事物频频落泪。那些眼泪都是她对自己的叹息——可是在我看来，这样的人根本不值得同情！

其实假如人生重来一次，她还是会选择最安全的活法，她是不幸生活的受害者，但也是加害者本人。生活并非不能改变，她只是不肯为选择付出代价，但现在的不幸福也是代价。

素秋蓝，你是教师，所以你懂的道理比我多，我帮不了你做选择。谢谢你把你的苦恼说给我听，可仅仅是说说排解一下，对你的生活并没有切实的帮助。

你知道那些幸福的、成功的人在做选择时有个秘诀是什么吗？——知道自己要什么，更知道自己不可能什么都要！而且，做了选择，就要有独自承担后果的勇气和决心。

所以素秋蓝，你的任何选择我都给你祝福，但前提是——甘愿做，欢喜受！

# 如何做个"坏女孩"

昨天，看到音符"奇诺小琉璃"给我留言："青音姐，昨晚看了你的《给男人的一封信》深有感触，但同时也觉得做女人好辛苦！我从小很乖，长大后连续两次恋爱，男朋友分手时的理由都是我人太好，我真的很委屈……我错在哪里了？"

你好，小琉璃。不会有人因为你"人好"而离开你，那都是不够爱的借口，所以别当回事，让他爱上哪儿上哪儿去！其实假如有来生，我能够选择的话，我想我还是会选择做一个女人。

女人的内心世界是如此地丰富细腻，更何况我们还比男人多了一个功能——生孩子！每个人的生命尽头都是殊途同归的，零落成泥碾作尘，其他都是虚空。生而为人，不就是拿来体验的吗？那自然是生命体验越丰盛就越赚到——当然，这只是我自己的价值观。

不过，纯真可不是"真蠢"。人们常常搞错了，把轻信的完全不知道保护自己的傻女孩、木讷僵化的没有自己主张的呆女孩、迟钝的脑子不好使的笨女孩、唯唯诺诺的很害怕表达自己欲求的弱女孩都等同于"好女孩"，这实在是大大的误解！

该如何做一名"坏"女孩呢，以下的心理建议跟好女孩们分享。

一、勇敢表达自己的情绪。

在心理学看来，只有不戴面具的那个"真自我"才有可能发展出真实的情感关系，也就是说你是敢于表达自己"七情"的女孩。喜欢就是喜欢，不爽就是不爽，不必讨好、压抑和伪装。这样的你无论长相如何，都是有着满满能量的人，你有能量，自然会吸引到别人。

二、勇敢表达自己的欲望。

对钱的欲望、对性的欲望，对权力、荣誉、鲜花、掌声的欲望，这些是每一个人都会有的正常欲望，不压抑它们，同时学会用最积极的方式将它们实现。

比如，你充分肯定自己喜欢钱，于是你努力工作，并且学会理财；你接受自己有性的欲望，于是你在跟恋人的互动中充满激情甚至比他更主动。通过你的释放让他知道你爱着他、你被他的身体深深吸引；你承认对权力、对荣誉有欲望，于是你干起工作来很拼、遇到机会绝不放过……

你欲求满满的样子，其实就是生命力迸发的样子，而这样一个活泼泼的你，又怎么会没吸引力呢？

三、做那个自己定规则的人。

男孩子问你想吃什么，你回答"随便啊"，男孩子问你喜欢什么，你回答"随你啊"……这样的你在关系中其实是一个隐形人。你的欲念、想法、主张和底线通通被你隐藏了起来，于是你就变得"不被看见"了。久而久之，他"看"不到你，他又该如何去爱你呢？

　　你喜欢什么、不喜欢什么，你能在什么阶段接受什么，以及你的底线和边界是什么，你需要在关系建立之初，就直截了当地跟对方明确。当然，也要给对方机会表达他的"原则"，而后在两个人的"原则"之上再共同调试和磨合，只有这样的关系才不会为未来"埋雷"。现在够坦白，未来才够轻松！

　　我一直以来都主张，做一个"有趣"的女孩，是比做一个"淑女"更划得来的事。我可以温柔如水，也可以飞扬跋扈；我可以欲求满满，也可以人淡如菊。至柔至坚，有爱有趣，这样的女孩才会有更多人来爱你。好姑娘，要加油！

静，是最大的养生！

而一切美好的有力量的事情，也都是从"静"中来，

静能生美，静能生慧。

说给"忘了怎么
生气"的你……

# 到底是谁在看不起你？

微信小伙伴"星空不亮"问我："青音姐，为什么我总觉得别人看不起我呢？"

简单地说，那是因为你在心里总是习惯于贬低自己，在心理学上，这是一种名叫"幻觉"的防御机制，意思是说，那些你觉得在别人心里出现的看不起你、批评你、攻击你的声音，其实并没有真的出现过，你其实自己也明知道那不是现实，但是一定要让自己这样认为，然后反复体验被人看不起的愤怒，这种心理防御的好处是，你的愤怒会让你远离那些有可能会看不起你的人，从而避免了真正的看不起发生，也就避免了被别人真的伤害到。

可是我们说，最能伤害自己的人，还是自己，所以，你反反复复贬低自己，也就是反反复复在伤害自己，无名之火会越攒越多的。

该怎么解决呢？你可以反复去试验，看看有多少人会真的格外在意你的一举一动，比如你穿了一双不一样的鞋，穿上一天试试看有多少人注意到你；再比如你换了副新眼镜，你大大方方像什么都没发生一样跟同学同事交流，你看看有多少人注意到这件事。

就跟我们大家拿到集体合影的时候总是先看自己是一个道理，每个人最关注的都是自己那点事。所以在我看来，看不起其实是很少发生的，因为我们大多数时候，都是只看自己，不看别人，你也一样，总觉得每人都看自己，那是因为自恋。

自恋，以前我在语音里也说过，自恋指的是你不接受真实的自己，而是迷恋一个假想中的完美的自己，然后用假想的完美自己攻击现实中的自己。当你又开始在心里贬低自己的时候，你要及时喊停，然后，你得学着接受自己本来的样子，接受了自己，你才会真正爱自己，那种总是被人看不起的感觉也就自然而然消失了。

# 来教你发脾气

心理学上所谓的"情绪管理"，并不是我们老话说的什么"莫生气"，要学会制怒，不是这样的，这不过是压抑负面情绪、逃避问题，这不是正确的情绪管理。管理你的情绪，也不是整天给自己打鸡血、灌鸡汤。

继续说"爱自己"，今天说第三招，别嫌我烦，因为爱自己真的好重要！

如果你做到了抛却"自恋"，去接纳和爱护真正的自己，如果你学会了跟"死亡焦虑"说你好，你不再想到生命的终点时觉得备受打击好泄气，而是开始享受生命过程，活在当下，那么你就已经具备了"爱自己"的基础了。

那今天，我再来跟你唠叨唠叨从心理的角度，"爱自己"的第三步要怎么做：那就是要学会管理你的情绪。

首先，你要对自己的负面情绪比较敏感，简单说就是，有人欺负你了、侵犯你了，比如你作为消费者，你被商家无礼对待了，你要知道你这时候该生气，而不是压抑或者麻痹自己说"算了算了，多一事不如少一事"，你知道吗？你的愤怒其实已经在你心里了，你只不过是把它攒下了，这表明在你心里，你是不接纳自己有负面情绪的，你这是在欺负自己呢，这样不好，没错，该有脾气的时候得有脾气！其次，你的负面情绪需要得到合理宣泄，比如，去找店家维权，讨个说法，或者给亲朋好友打个电话唠叨唠叨："今天被欺负了，真是气死我了！"女孩子呢可以气得哭一哭，男孩子可以骂骂娘，这都没关系，这都是为了让心理更健康的做法。而相反的，以为保持谦谦君子或者是淑女做派，或者在心里觉得"哎呀，发脾气好丢面子吧？我这样做别人会不会觉得我太计较啊"，这才是在伤害你自己。但是，我要重点说说，还有一种糟糕的情绪管理就是任由负面情绪蔓延，比如女孩子在生理期心情总是很焦躁，于是任意找碴儿发脾气；或者是男孩子心里的火被点着了，完全丧失理性地跑去打架，怎么能发泄怎么来，做出损人不利己的傻事来；再或者是一些人在恋爱中由于内心没有安全感，就肆意地猜忌、控制对方，哭啊闹啊的没完没了，这些控制不了自己的做法，其实都是在伤害你自己。你丢出去的攻击性，最后还是会回到你自己身上的，实在是得不偿失。

那最后做个总结就是：一、要有脾气；二、要合理发脾气；三、不能乱发脾气。这才叫爱自己！我说明白了吗？

# 说给"忘了怎么生气"的你……

微信小伙伴"然然"给我留言说："亲爱的青音姐，我能叫你姐姐吗？我每天晚上都会听你的晚安心灵语音，听完了睡得特别香。我想问你的问题挺傻的，就是——我已经很多年不知道啥叫生气了！每当人家给我脸色看的时候，我就会像一个蜗牛一样把自己关起来。然后……然后我就好了！

"不过前天，我们班同学互相写大学毕业留言，我看到同学们给我的评价是'有点迟钝、有点笨'，我就哭了……"

嗯，然然你好，看了你的留言，我想到这样一个画面：一个从小就不敢生气的小朋友，一个心爱的玩具被人家抢去都不敢哭的小朋友，这个躲在角落里的小朋友好让人心疼呀。

不过你知道吗？心理学研究表明，那些会生气的小朋友比那些整天只知道傻乐的小朋友更聪明。也就是说，生气是会促进大脑"沟回"形成的！所以生气和挫折一样，都会让我们变聪明。因此也可以说，"生气"是一种能力。

人的情绪就像一个气球，总是得有一个慢慢被负面情绪充满，然后又学会不伤人也不伤己地把气"撒出去"的过程。不过这可就真见本事了，人们往往就是在如何"撒气"这件事上分出了"情商"的高下的。

不过，我想对于你来说，我要帮你的第一步就是：先找找那个负面情绪的"气球"，它被你藏到哪儿去了呢？或者，它在你的爸爸妈妈那儿、在老师那儿、在某一个长辈那儿……

你呀，是一个从小不被允许表达负面情绪的孩子。你一哭，爸妈就说："你要坚强！"你一生气，爸妈就说："你再这样不乖，我们就惩罚你了！"于是你从小就有了这么一种意识——"一个生气的我，是没有人喜欢的"，那么你就再也不敢生气了。你成了一个在人前极力表现出"随和"、极力压抑住自己的乖宝宝，但你也在小伙伴中成了一个跟空气一样的隐形人。大家对你的态度总是很一致——"有你、没你，没所谓"，因为大家几乎都看不到你。

说了这么多，我真的很想抱抱你，就像一个姐姐那样。那今天晚上，你就把我的这段语音贴在耳边吧！让我来告诉你——"然然，以后谁欺负你，你就告诉他：'你伤害我了你知道吗？我是无辜的，而你这样对我是不应该的！'你不用骂他，也不用打他，你只需要这么告诉他，你就已经在学着把负面情绪还回去了。"

当然，我最最想告诉你的是——"然然，你是你自己。因此你无论生气还是高兴，无论伤心得好崩溃，还是快乐得得意忘形，都是被允许的，你都依旧很可爱！"

记好我的这段话，你要经常说给自己听哦。

# "静静"啊,你在哪儿?

来解答一个微社区里小伙伴的提问,来自杭州的"追寻"问我:"青音姐,要怎么才能让心静下来呢?我觉得好难……"

好问题,而且很普遍,因为身边静不下来的人很多,包括我们自己。

我曾经对很多朋友都说过这样的话:"静,是最大的养生!"而一切美好的有力量的事物,也都是从"静"中来,静能生美,静能生慧。

那怎么才能静呢?

尤其是在这样一个社会转型期、大家压力都这么大、整天又被手机呀朋友圈呀完全套牢的年代里,我,我想要静静,可是静静……你在哪儿呢?

首先,你得搞清楚你在怕什么?

比如说,你不敢静下来,不敢停,手机不敢关静音甚至关机一段时间,你是害怕自己在人群里变得不重要了吧?你真的很怕被忽略,你太想要存在感，那种有你没你地球照转的感觉其实挺让人失落的呢，可事实确实如此呀，你对别人没那么重要，你只对你自己最重要！再比如，你担心你对别人表现出不那么有信必回、有求必应了，你不那么热闹了，别人会觉得"哟，他这人不怎么好相处"，再不好相处的人都有他自己的朋友。

　　而且当你开始顾及自己的感受了，别人就会来顾及你了，不信你可以试试，因为别人对我们的态度，其实是我们对我们自己的态度决定的。

　　其次，要搞清楚你要什么？

　　大多数人之所以对做选择表现出犹豫不决，是因为什么都想要，而很多人的焦虑也是源自什么都不肯放下。

　　比如，到年底了，又得聚会工作又一大堆的时候，实在排不开时你会放下一些对"好人缘"的期待吗？再比如，当身边有好几个男孩子追求你，你能做到不贪图他人对你的好，而跟随自己的心，去爱那个你最有感觉的人，把其他人的爱意拒绝了吗？

　　当你不贪心的时候，你心里是不会闹腾的。

　　当然，不贪心，需要你有一种"一人做事一人当"的那种担当感，大到选工作、选恋爱对象，小到买什么吃什么，你为你自己的选择负责，其他的，放下，我就是不要了，爱咋地咋地，你又怎么会心里不安静呢？

　　"要知道自己要什么"和"不能什么都要"，做到这两点的人，心里都是安静的！

## 你离不开手机，
## 只是因为……

音符"嘉怡"问我："青音姐，我发现我对手机实在太依赖了，每天有事没事就刷朋友圈、刷微博，除了睡觉，手机简直就没办法从我的手边移开。可是不停地看手机的后果就是，我越来越觉得生活很无聊，对什么都渐渐提不起兴趣。跟人出去聚会吃饭，我也忍不住低头翻看手机，跟别人都没什么话好说。我真的很担心，自己这样下去，会不会变成一个无聊的人？"

"无聊"是一种每个人都很熟悉但是又都不喜欢的体验，但正如同"疼痛"对人的意义是让人远离或者避免伤害一样，"无聊"在心理学上也是一种很有用的感受。

伯特兰·罗素曾经声称："要守得住百无聊赖的状态，因为这种能力是过上快乐生活的要素。"

马丁·海德格尔也曾经从本体论的角度指出："极度的无聊感，能够让我们有所裨益。"

什么意思呢？这说明你能够跳出"自我"，从时间的角度去审视当下的自我，进而觉得你现在做这些根本就是在浪费时间，从而生出对自己的不满。有不满，才有可能让自己发生改变，虽然内心纠结丛生，但也比麻木不自知、对浪费人生浑然不觉要好得多。你说呢？

所以说，能够跳出自己看自己这本身就是一种能力，"无聊"这种负能量本身也是很珍贵的体验。所以先接纳它——无聊，那又怎么样呢？无聊有些时候是一种"放空"，就像生命按下了暂停键，也没什么大不了。但是，如果总处于无聊中，自己也因为无聊而感到心慌慌、感到很焦虑，那你就得做点什么才行。

而你对你自己的不满，恰恰就来自——你明知道你实在是该做点什么，不能总是这样下去，可为什么你就是不去行动呢？我想你也对自己这一点感到纳闷对吧？你不是不知道不停刷手机是不对的，不是不知道去做做运动、去看点书比总刷手机好上一千倍，可就是不，去，行，动！

在心理学看来，那个"做点什么"的背后，一定有一个让你觉得比较恐惧、比较头疼甚至挺痛苦的感觉在等你。我们都曾经有过大冬天磨磨蹭蹭不想出被窝的体会，因为知道一出被窝就得经受那种刺骨的冷而产生的哆嗦，所以我们常常会因为害怕那几秒钟的"哆嗦"，而让自己花好几十分钟甚至更长的时间"赖床"。赖床其实是在跟焦虑作战。所以，你想要放下手机的背后，一定有一个你不得不去面对的"麻烦事"

等着。比如有不得不去处理的压力、工作，不得不去思考和解决的生活矛盾和难题，以及，你得去想"你到底是在为什么而活"这类大问题。

可是，生活是否允许你就这样拖延着消耗着等在原地呢？时间向前奔跑，当一切已经来不及，你是否要为自己的后悔付出更大的代价呢？

所以，应对无聊，要先从行动力开始。你可以给行动力设一个"阀值"，刚一开始你大概只能做一分，每天也就是增加了"想吃什么马上就去做"这一项。但慢慢地，当你把"想到就去做"渗透在生活中的各个方面，把它变成你的一种风格和习惯，你的无聊感会降低很多，拖延症会得到缓解，你也就不会再那么依赖手机了。说到底，是你的行动力在帮助你化解你对自己的失望，试试看吧，从增强行动力入手。

# 该不该在朋友圈
# 袒露自己的内心？

在"音符社区"里"迷漫小生"问我："青音姐，我每次看到一篇挺不错的文章想要分享给周围的朋友时，都会犹豫。我担心我的心理活动暴露给大家，会被一些人嘲笑和不理解，我感觉过度暴露自己有一种不安全感。毕竟朋友圈里都不是自己十分要好的朋友和亲人，我到底该不该在朋友圈里袒露自己的内心呢？"

我看到有音符在底下留言说"你可以把朋友圈分组呀"。老实说，我也不认为分组是个好方法，把心思花在把谁和谁分到一组合适，倒不如好好用心自我成长，在心理上长大起来。

在心理学看来，过度自我保护和过度袒露内心都是心理和人格发育不够成熟的表现。这两种特质会在小孩子的身上交替出现，有的孩子刚和谁玩一会儿就把自己家住哪儿、家里几口人、爸爸妈妈在哪里上班什么的都给说了。而有的孩子见到不怎么认识的就哭，除了爸爸妈妈以外谁也不搭理，性格也非常自闭。所以想想看，过度没有安全感的你，是不是在心理上还是一个孩子呢？

心理学上，有一个很有用的词，叫"心理边界"。所谓成熟，指的是既有"边界"又能"融合"。但是没有"边界"，"融合"也无从谈起。人的心理是一体两面的。那些内心大多数时候都很封闭的人，会有一觉得对方不错就完全不设防的另一面，恨不得把心一股脑地都掏给人家。紧接着发现对方没有如预期中给自己回应，于是心情又跌落到谷底，觉得大受伤害，甚至会觉得被欺骗。久而久之，把自己包得更紧，更加诚惶诚恐，更加对这个世界充满怀疑和不信任。

怎么样？我说中你了吗？

那该如何终结这种心理上的恶性循环呢？还是得从建立"心理边界"开始。

首先，和自己的父母建立心理边界。分得清什么是他们对你的爱，而什么又是他们打着"爱"的旗号不讲理的干涉和自私的控制。

接下来，要和你的领导、老师、权威建立边界。不是他们说的一切都是对的，也不是你内心的一切都需要跟他们交代和汇报。以一个成年人的姿态不卑不亢不取悦不讨好的态度去跟领导合作，而不是做领导的"听话宝宝"。

在这之后，你学会跟朋友建立边界、跟爱人建立边界，跟孩子建立边界，分得清什么是"我的"，什么是"你的"，什么是"我们的"。

而你自己只需要对"我的"和"我们的"去担当和负责。

　　至于发朋友圈，适度地开放自己内心里你允许被人看到和分享的部分就好。也有些人从来不发朋友圈，却也不会为此有什么好焦虑的。所以，重要的不是发朋友圈，而是你要从心理上长大。

# 暗恋？害羞？
# 自卑？NO！

节目里我跟大家聊了关于性格内向的话题，这几天不断有微信小伙伴继续追问："青音姐，那你简单说说啥叫真正的性格内向呢？"

我更清楚地解释给大家听啊："首先，性格内向不等同于没有社交能力。缺乏社交能力的人是不善于表达，但是性格内向的人是不急于表达，或者对方不是他想表达的对象，如果遇到他特别想说话的人或者场合，那口才是丝毫不差的；缺乏社交能力的人是不善于交际，而性格内向的人是不屑于交际，他觉得没必要跟那么多人打哈哈，太表面的交往没意思，可是遇到投缘的人，他也还是会很主动的。

用心理学的解释，内向者是因为对人对事都过分敏感，他的小雷达承受不了有那么多的刺激，所以他只能大部分时候都待在自己的小世界里，安静是为了积蓄能量。而外向者则是那些对周围环境相对比较钝的人，也就是我们所说的大大咧咧的，别人的气场啦、态度啦，他没那么快感受到，因此也就比较容易勇往直前，比较容易不受伤害，比如那些一到party就很high的人和那些特别擅长于做销售的人，遭人白眼也无所谓的神经很大条的可爱性格。

这么一说我想你就明白了，暗恋，那不等于性格内向；害羞，也不是性格内向；跟别人在一起总是不知道该说啥手足无措，那不叫性格内向；很自卑总担心别人看不起自己，那也不叫性格内向，那只是你的个性需要不断完善、你的人格需要不断成长罢了，别什么都拿内向当挡箭牌。

如此说来，性格无论外向还是内向，都各有各的好，而你要做的，就是了解你自己，拓展你自己，爱你自己，就足够了，你说呢？

# 你为什么还不成熟？

音符"乙未"问我："青音姐，以前在家，我妈老说我不成熟，太依赖爸妈；后来在大学里，老师有时也批评我不成熟容易冲动；现在恋爱了，连女朋友都要跟我分手，理由也是不成熟！我怎么了？我不就是个性强一点吗？请问怎么才叫成熟？"

乙未你好，问题虽然很大，但真的是个好问题。有人说成熟是一种心态，跟年龄无关，其实我倒觉得，成熟是一种精神面貌，取决于你愿意呈现一个怎样的自己给别人看。也就是说，没有真正的不成熟，只有你是不是想在人前表现出成熟。

你看，这么多年，你明知道大家都觉得你不成熟，可是你似乎从没有认真地跟觉得你不成熟的人去做讨论"到底我哪里表现得让你觉得不成熟呢"？而是来跟我这个不认识的陌生人聊"你的不成熟"。其实是在你现实的生活里，你的"不成熟"有让你获得"好处"的地方。

比如，你在父母那里不成熟，于是你就可以一直做孩子，可以把为自己人生做决定的权利交出去，你也就避免了为自己的人生焦虑；你在老师那里不成熟，老师就会对你多一些宽容和顾忌，会因为你不成熟不跟你计较太多；你对女朋友不成熟，你就不用跟她一起讨论未来结婚生孩子等一系列让人头疼的大人们的事，享受爱情就好啦。所以——你的不成熟其实是你的愿望！

不过没有人的人生可以停滞不前对吧，你总要走向人生的下一站，不能总是要这世界给你让道！那怎么才能成熟呢？

首先，要知道顾及别人，比如说话，有两个场合你要特别注意千万不可以口无遮拦：一、你和最亲近的人在一起的场合，你的家人、爱人、亲人、好哥们儿、好闺密，越是关系好，越要留足面子给别人；二、当有另外一个人在的场合，你想批评、想挑剔、想表达不满，都尽量在只有你们两个人的时候，你对一个人的称赞，要让很多人听到，而你对一个人的不满，你只需要让他自己知道。

其次，要言行尽量合一，其实一个人的人品大部分都反映在这里，他是不是个靠谱的人，是不是说了一定会做到，还是光说不做假把式。可以真话不全说，但是不要说假话，但凡答应了要尽量做到，做不到就别答应。

最后，你要做个心里有"相信"的人，大部分不敢恋爱也不敢实现梦想，步子迈得非常谨小慎微的人，其实都是内心充满了"不相信"，不相信别人，不相信这世上的友善，也不相信自己。越相信，越会让你强大，即便有过教训，也只是教训而已，教训不会伤害到你，真正伤人伤己的，是——啥也不信！

# 你不是不能"恶"，
# 你只是选择了"善"

平时即便再忙，我都会在每周里专门留出一点点时间给自己想"静静"，也会留出时间陪伴那些我真正牵挂的人，哪怕只是一顿饭的时间。而老实说，每一次见他们，我都特别有收获。

昨天中午跟我的闺密 Eva 聚会，Eva 是个西班牙姑娘，勤奋又好学，而且是个天主教徒。昨天我们的话题聊到她和我最近遇到的一些烦心事，她说到我们共同认识的一个挺不怎么样的人。

我突然问她："Eva，你有信仰，那你给我解释解释，比如，有的人自私自利、从来不顾及别人的感受，而且处心积虑的，可是她却能过得顺风顺水，那么请问上帝去哪里了？"Eva 很郑重地跟我说："你要相信，上帝看得到这一切！"我说："那又怎么样？那些人还不是一样得逞！"

她摇摇头，接着跟我解释："比如，我最近有一个朋友，她得了阑尾炎，她是英国人。如果爸爸妈妈飞过来看她至少需要一天才能飞到中国，还要办签证，可是她要做手术，这时候怎么办？她需要朋友对不对？于是我和几个朋友轮流照顾她五天。可是我们为什么照顾她？因为她平时也是个不自私的人，她对我们好。如果是一个自私的人，她不会有很多朋友，她只有她自己，她遇到问题哭的时候会很多，只是我们看不到。这就是代价！"

　　我说："那做好人不也一样有代价？也可能当自己遇到难处的时候，根本没有那么好的运气有人来帮助自己，那么做好人有什么意义？"

　　她说："你知道吗？坏人没有真正的朋友是代价，好人会有朋友但也有可能被伤害也是代价。其实我们可以做坏人，也可以做好人，这只是一种选择而已。上帝没有要求我们怎么做，但是不管我们怎么选择，都一样有代价。上帝很公平，没有人不会付出代价，但是坏人的代价是让他更坏更孤独，真正的好人，那些代价会让我们变得更聪明也更坚强！都是好事！"

　　我没有宗教信仰，所以我并非完全认同她所说的。但是这句"我们可以做坏人，也可以做好人，这只是一种选择，但都要付出代价"让我印象深刻极了！而且，非常有道理不是吗？其实很多时候，"好人"之所以会纠结，就是因为我们觉得"我既然是好人，为什么还会遇到不平事，还要承受痛苦呢？"

　　人的善良或许不是本性，而是一种选择。慢慢地，这个选择会成为一个习惯。由于我们有善良的习惯，我们看到弱小心有怜惜，见到不平会出手相助。日渐积累，我们才慢慢有了所谓的品德。所以，我们原本就不应该一上来就对他人有太多品德上的要求和期待。品德不是一天养成的，得先观察一下她平时怎么为人处世，有没有养成为别人多付出一点的好习惯。

我们的善良当然也会遭遇不善，但是下一次遇到需要帮助的人，我们依然会没心没肺地善良，因为我们习惯了，而这一切会让我们的心越来越富足宁静，而不是越来越没有安全感、恨意丛生！

所以，对人善良，从来都不是为了他人给回报的，而是为了丰盈安定自己的心，而这样做同样也会有代价。所以，"好人"要时刻做好有可能遭受不善的欺负的准备，学会保护自己。受欺负的时候选择站出来而不是躲起来，这样的善良才更真实。

明白了无论做好人还是做坏人都是一种选择，我想我们会降低对他人的期待。当遇到不平事，心里也就能平和多了吧。昨天我跟闺密聊天获得的感悟跟你分享，希望你也受益。

**图书在版编目（CIP）数据**

愿有勇气去热爱 / 青音著. — 长沙：湖南文艺出版社, 2017.7
ISBN 978-7-5404-8170-4

Ⅰ.①愿… Ⅱ.①青… Ⅲ.①随笔—作品集—中国—当代 Ⅳ.①I267.1

中国版本图书馆CIP数据核字（2017）第141542号

上架建议：畅销·随笔集

**YUAN YOU YONGQI QU RE' AI**
**愿有勇气去热爱**

作　　者：青　音
出 版 人：曾赛丰
责任编辑：薛　健　刘诗哲
监　　制：毛闽峰　赵　萌　李　娜
特约策划：杨清钰　钟慧峥
特约编辑：张明慧
营销编辑：殷　爽　杨　帆　周怡文
封面设计：林禾　QQ:450611716
版式设计：利　锐
插　　画：林　田
出版发行：湖南文艺出版社
　　　　　（长沙市雨花区东二环一段508号　邮编：410014）
网　　址：www.hnwy.net
印　　刷：北京盛通印刷股份有限公司
经　　销：新华书店
开　　本：880mm×1230mm　1/32
字　　数：192千字
印　　张：9.25
版　　次：2017年7月第1版
印　　次：2017年7月第1次印刷
书　　号：ISBN 978-7-5404-8170-4
定　　价：39.80元

质量监督电话：010-59096394
团购电话：010-59320018